68세 혼자 떠난 남미 배낭 여행

브라질 / 아르헨티나 / 칠레 / 볼리비아 / 페루 / 쿠바 / 멕시코

KB103660

68세 혼자 떠난 남미 배낭 여행

(남미, 쿠바, 멕시코)

황 종 원 지음

CONTENTS

여행의 시작 prologue
01 지금 아니면 언제? - 6
02 여행 준비 - 11

출발
01 대구에서 서울로 - 17
집에서 인천공항까지 기나긴 여정
02 드디어 출발 - 18
서울 볼리비아 대사관에서 비자 발급
03 멕시코시티 공항 - 20
환승을 위해 공항 캡슐호텔에서 1박

제1장 브라질
01 상파울루 과률류스 공항 노숙 - 24
인천공항 출발한 지 3일 만에 브라질 도착
02 브라질 상파울루 - 25
바라푼다 버스터미널에서 이과수행 야간버스 (12시간)
03 브라질 이과수 - 31
포즈두 이과수 까따라따스

제2장 아르헨티나
01 아르헨티나 이과수 - 34
브라질 이과수에서 버스 타고 아르헨티나 이과수 가기
02 부에노스아이레스 - 42
플로리다 거리, 까미니또 거리, 에바페론 묘

03 부에노스아이레스 여행 후기 - 53

　　지구 반대편에서 보낸 한 해 마지막 날

04 엘 칼라파테 (모레노 빙하) - 61

　　푸르름의 태고적 신비함을 품고 있는 블루 사파이어

05 엘 찰텐 (피츠로이 트레킹) - 66

　　피츠로이 마지막 수직 돌길 죽음의 트레킹

06 바릴로체 - 72

　　버스를 27시간 타고 도착했으나 예약한 호스텔은 문 잠김

07 아르헨티나 여행 후기 - 83

　　아르헨티나 날씨와 복장

제3장 칠레

01 산티아고 - 86

　　산티아고 시내 관광, 산티아고 여행 후기

02 아타카마 (사막 투어) - 96

　　달의 계곡, 아타까마 동네 통닭집

제4장 볼리비아

01 우유니 (소금사막) - 104

　　비가 와서 폭망했으나 따라쟁이, 하고집이, 막가파를 만나서

　　인생샷을 건짐

02 수크레 - 113

　　배낭여행자들의 무덤, 볼리비아 여행 후기

제5장 페루

01 푸노 (티티카카 호수) - 120

　　우로스섬 주민들

02 쿠스코 - 125

　　마추픽추 싸게 가는 법, 산페드로 시장 닭국수

03 마추픽추 - 133

　　마추픽추 가는 길, 그 험난한 여정과 개고생 후기

04 비바에어 비행기 Cancel, 보고타 공항 노숙 - 140

　　입국세 환급 Can I get Resident exit tax refunds?

제6장 쿠바

01 아바나 1 - 148

　　아바나 공항에서 버스 타고 시내 가기

02 아바나 2 - 152

　　랍스타 식당, 체게바라, 올드카, 말레꼰, 헤밍웨이 술집

03 아바나 여행 후기 - 159

　　아바나 유일한 한인 민박집, 와이파이 카드

제7장 멕시코

01 유카탄 반도 -165

　　칸쿤, 플라야, 툴룸, 바야돌리드, 익킬 세노떼

02 마야 유적지 - 167

　　치첸이트사, 욱스말

03 산크리스토발 - 183

　　차물라 코카콜라 성당, 산 크리스토발 색감

04 와하카 - 196

　　산토도밍고 성당, 소칼로 광장 결혼식 뒤풀이

05 멕시코시티 - 205

　　테오테우칸 피라미드, 프리다 칼로, 차풀테펙, 과달루페 성당

06 멕시코 여행 후기와 귀국 - 235

　　가보니 후회되었던 곳, 가장 힘들었던 순간들, 80일간 총경비

<멕시코 와하카 박물관>

여행의 시작 prologue

01 지금 아니면 언제?

어느 날 눈 뜨고 거울을 보니 후줄근하고 세월의 흔적이 여기 저기 덕지덕지 묻어있는 68세 노인을 보았다. 늘 해왔던 사업도 접고 등 딱 붙이고 빈둥거리는 일도 이젠 짜증이 났다. 지금 나의 일상들이 소소한 부분들에 신경 쓰느라 너무나 넓은 세상을 놓치고 사는 것은 아닌지 생각하게 한다. 나에겐 조금 더 즐겁게 살 권리가 있고, 두려움에 대한 용기를 낸다면 인생은 더 재미있지 않을까?

필자가 생각하는 여행의 시기는 젊을수록 좋다. 다녀보니 대다수의 한국 젊은이들은 군대 제대한 후 복학 사이 공백 기간에 단기 아르바이트와 군 시절 저축한 돈으로 여행을 많이 다니고 있었다. 여행은 길어야 서, 너 달인데 길고 긴 인생에서 몇 개월 정도는 아무것도 아니다. 다만 은퇴 후 나이 들어서 여행을 다녀보니 둘러봐도 동년배는 보이지 않았다. 주로 도미토리인 호스텔에서 숙박했는데 다들 젊은이들이고 그들끼리의 울타리에 뚫고 들어가기란 매우 어려웠다.

여행을 본격적으로 시작한 것은 약 5년 전부터다. 그전에도 직장생활하면서 출장이나 보상 차원의 해외 관광은 여러 번 다녔고 회사를 그만두고 무역업을 하면서 해외를 많이 다녀왔었다. 어느 날 문득 내 인생의 가치는 뭔지 정말 이러다가 꼬부랑 할배가 되겠다는 생각에 미치자 그동안 꿈꾸어왔던 시베리아 횡단

열차를 타볼까 하고 지도를 꺼내 보았다. 블라디보스토크를 지나 시베리아의 벌판을 따라 쭉 올라가니 모스크바와 상트페테르부르크가 보였는데 눈길은 여기서 멈추지 않았다. 동유럽이 보이기 시작했다. 이건 장기 여행인데 체력이 되겠나 하고 고민한 결과 일단 가깝고 우리와 비슷한 환경인 동남아시아에 가서 젊은이들처럼 배낭 메고 저렴한 숙소에서 자는 등 이런 적응훈련을 해보자 하고 2016년 처음으로 배낭여행을 갔었다. 그때는 멋모르고 있는 거 없는 거 죄다 싸 짊어지고 동남아로 떠났다. 65세란 적지 않는 나이에 과연 며칠을 버티어낼지 주변에서 응원 반, 호기심 반으로 주시하고 있었다.

우려를 불식시키고 37일 만에 돌아왔는데 많이 배웠고 나이 관계없이 체력과 도전정신만 있으면 된다는 것을 알았다. 이제는 배낭 메고 어디든지 갈 수 있다는 자신감이 딱 붙었다. 37일은 정말 정신없이 후다닥 가버렸다. 미숙한 점도 있었지만, 체력적으로는 아무런 문제가 없었고 도미토리도 딱 내 스타일이었다. 걸어서 국경 통과도 3번이나 경험해 봤고(태국 ~ 캄보디아 ~ 베트남 ~ 중국) 각종 여행 관련 앱도 능숙하게 다룰 줄 알았다.

그 이후 2차 배낭여행은 블라디보스토크에서 시베리아 횡단열차를 타고 모스크바, 상트를 거쳐 동유럽 다녀왔는데 여행 기간도 100일이라 사전에 많은 준비를 했다. 루트를 짜고 현지에서 일어날 수 있는 모든 것들에 대해 사전 준비를 철저히 했다. 유럽은 워낙 잘 알려져 있고 어느 정도 영어가 통하기 때문에 여행에 큰 어려움은 없었다.

준비가 잘된 배낭여행은 훨씬 부드럽고 물 흐르듯 순조롭게 진행되었다. 이를 토대로 3차 배낭여행으로 서유럽까지 갔다 온 후 드디어 눈앞에 남미가 다가왔다. 남미는 영어권이 아닌 스페인어권이다. 영어도 그다지 능숙하지 못한데다가 스페인어는 '올라' 이외에는 한 마디도 못했다. 3개월 코스로 중, 남미 배낭여행을 생각하면서 거의 6개월 가까이 루트를 짜고 상황에 맞추어 시뮬레이션을 그렸다. 사실 스페인어를 모르는 상황에 현지에서 누구한테서도 물어볼 필요가 없을 정도로 자세한 여행 정보들을 알지 못하면 여행 자체가 어려울 수도 있다고 판단했기 때문이다.

필자의 여행은 출발 전 최소 3개월, 길면 6개월씩 여행 준비를 한다. 사실 여행 계획을 세우고 나만의 루트를 개발하고 시뮬레이션(Simulation)을 통한 도상연습을 할 때가 가장 재미있었다. 물론 여행 스타일은 각자가 다 다르다 어떤 이는 무계획적으로 발길 닿는 데로 떠나는 이도 있고 필자처럼 계획을 세워서 가는 이도 있는데 장, 단점은 있다. 사실 계획을 세웠더라도 현지 사정이나 생각에 따라 수정된 적이 많았다. 그러나 여행 전에 치밀하게 계획을 짜는 만큼 여행은 즐거워지고 시간이나 경비가 낭비되지 않았다는 것은 틀림없다.

중, 남미란 한국에서 보면 지구의 저 반대편에 있는 멀고도 먼 나라들이다. 가는 데만 해도 최소 2일 이상 걸린다. (환승인 경우) 그래서 남미 여행은 작심하고 최소 한 달 이상을 권하고 싶다. 만약 단기 여행한다면 다녀와서 대부분 후회하기 마련이다.

이왕이면 쿠바나 멕시코를 넣어서 딱 한 번으로 중, 남미를 마무리하는 것이 좋다. 필자는 80일간 여행했는데 아쉬웠던 것은 갈라파고스와 이스터섬을 못 갔고 쿠바도 아바나만 다녀온 것들이 좀 마음에 걸렸다. 젊은이들은 앞으로 여러 번 기회가 있겠지만 은퇴자들은 남미가 이웃 동네도 아니고 다시 갈 기회는 그리 쉽지는 않다.

중, 남미에서 브라질만 포르투갈 언어를 쓰고 나머지는 스페인 언어를 쓴다. 필자는 영어도 미숙하지만, 스페인어는 아는 게 없어서 배워볼까도 생각 들었지만 고령으로 이내 포기했다. 대신 생존 스페인어를 A-4 용지 한 장에 압축해서 들고 갔다. 하지만 몇 번 써먹지도 못했다. 식당이나 상점은 물론 마트에서도 몇 마디 단어와 보디랭귀지로 얼마든지 소통할 수 있었다. 예를 들면 어느 특정된 곳을 찾는다고 물어보면 귀신같이 알아듣고 뭐라고 스페인어로 설명하는데 듣는 필자도 귀신같이 알아듣는 경우가 많았다.

필자는 여행을 통해 러시아와 동유럽에 다녀오니 눈치가 백 단이 되었고 그 이듬해 서유럽을 갔다 오니 눈치가 천 단이 되었는데 이번 중, 남미를 통해 눈치가 만 단까지 늘었다. 척하면 삼척이란 말이 있다. 한마디만 하여도 그 말의 뜻을 곧바로 알아듣는다는 뜻이다. 이런 상태로 중, 남미 80여 일 동안 휘젓고 다녔지만, 언어로 인해 안 되었던 일은 1도 없었다. 단, 여행 정보를 사전에 잘 준비한다면 말이다. 다만 현지인들을 사귄다면 스페인어가 필수 조건이겠다.

중, 남미는 오랫동안 유럽 특히 스페인, 포르투갈의 식민지였다. 한국도 일본에 한때 식민지였다가 해방돼었는데 지금도 죽창가가 나오고 토착 왜구니 해서 분하고 암울했던 역사를 갖고 있고 반일 정서도 만만찮다. 그런데 중, 남미는 식민지 역사가 우리보다 더 오래되었고 긴 세월 동안 많은 것들을 수탈당해왔다. 특히 정복자의 나라 언어를 그대로 쓰고 있는데 막상 가보니 반스페인 정서는 찾아볼 수가 없었다.

그 이유는 이렇다 스페인 포르투갈이 중, 남미를 침략해 식민지로 만들자 침략자들이 대거 이주를 해왔다. 이들은 원주민들의 노동력을 이용해 탄광 및 사탕수수 농장으로 부를 쌓았다. 그러는 사이 유럽 정착민들과 원주민들의 결합으로 혼혈인 메스티조가 널리 퍼졌다. 이후 1820년대에 대부분 독립이 되었지만, 인종 구성은 원주민은 30%로 소수민족으로 전락하였고 대다수가 혼혈인 메스티조(mestizo)로 구성되었다. 즉 스페인이 부모의 나라가 된 셈이다. 부모의 나라말과 글을 쓰는 것은 당연할지도 모른다. 그러니까 우리와 일본과는 달리 원수 개념이 아닌 동경과 동반자가 된 것이다.

가능하다면 스페인과 포르투갈을 먼저 여행한 후 중, 남미를 가보면 시야가 훨씬 넓어진다. 대부분 중, 남미는 스페인, 포르투갈의 문화가 고스란히 배여있어 이해하기도 빠르고 보는 것도 재미있고 저절로 고개가 끄떡여진다. 이 글은 언제일지는 모르지만, 남미 여행을 꿈꾸고 있는 분들 특히 중, 남미 배낭여행자들을 위해 필자가 알고 있는 여행 경험을 공유하고자 한다.

02 여행 준비
●여행루트 : 중, 남미 시계 방향
●브라질 상파울루 IN, 멕시코시티 OUT
●79박 80일

≪배낭여행 경험≫
1차 : 인도차이나 36박 37일
2차 : 러시아, 동유럽 98박 99일
3차 : 서유럽 63박 64일

≪ 여행 스타일 : 나 홀로 ≫

남미! 생각만 해도 가슴이 벌렁벌렁한다. 이번이 2번째 도전이다. 작년 유럽 한 바퀴 돌고 포르투갈 포르투에서 남미 상파울루로 가는 비행기를 못 탔다. 심장병이 재발해서 도저히 여행할 수가 없었다. 귀국 후 수술해서 완치되었고 1년을 기다린 끝에 드디어 남미 항공권을 발권했다. 79박 80일 아직은 장기 여행을 못 할 만큼 신체적 건강상 문제는 없다. 20대 젊은이가 토레스 델 파이네 트레킹하고 불타는 피츠로이 보러 험난한 등반을 한다고 부럽지는 않다. 토레스 델 파이네는 포기하더라도 불타는 만년설 피츠로이(Fizloy)는 눈에 담아야겠기에 열심히 다리 근육을 키웠다. 유럽은 도시여행이고 남미는 자연 여행이라 체력이 필수다.

≪ 남미 3대 포인트 ≫
●이과수 폭포 ●우유니 소금사막 ●마추픽추

이과수 폭포는 눈에 꼭 담고 싶다. 엘 칼라파테의 모레노 빙하, 바릴로체와 산티아고, 아타까마 사막을 거쳐 갈등 생기는 마추픽추! 사실 페루 마추픽추는 별 관심이 없다. 해마다 오르는 입장료도 거부감이 생기지만 힘들게 가봐야 별것 없는 산꼭대기 돌무더기 유적들, 하지만 마추픽추는 남미의 중심이고, 배낭여행자 다수의 로망이다. 어쩔 수 없다. 그냥 도맷값으로 끌려들어간다. 그리고 모든 게 정지된 쿠바, 이어서 신혼여행지 칸쿤, 잉카문명의 땅 유카탄반도의 플라야, 메리다, 팔렌케, 산 크리스토발과 와하카를 거쳐 멕시코의 심장부인 시티로 들어간다.

≪ 출발 전 항공티켓 예매 ≫
IN 상파울루(GRU) / OUT 멕시코시티(MEX)
●인천 ~멕시코시티(22시간 대기) ~ 상파울루
●멕시코시티 ~ 몬테레이(2시간 대기) ~ 인천

왕복 요금은 1,326,100원이고 스카이스캐너에서 찾았다. 일찍 예매했는데도 불구하고 저렴한 편은 아니다. 중간에 체크해 보니 117만 원까지 내려가다가 12월 초에 148만 원에 형성되고 있었다. 부에노스아이레스(AEP) ~ 엘 칼라파테(FTE) 편도로 아르헨티나 항공(Aerolines) 126,840원에 예매했다.

≪ 환전 ≫
달러로 환전했다. 마이뱅크라는 앱이 있는데 여기서 수시로 환율을 체크하다가 달러당 1,110원대를 보고 국민은행 리브에서 환전 수수료 90% 할인받아서 환전했다.

≪ 현지 비행기 예매 ≫

칠레 산티아고에서 깔리마(아타까마 사막)가는 비행기를 페루 저가 항공인 Sky airline에서 56,092원에 예매했다. Sky airline 항공사 홈피에 들어가 보니 24달러? 얼씨구 하며 쭉쭉 진행해 보니 24달러는 진짜 화물 없이 손가방만 달랑 들고 탈 때 금액이고 세금이 붙고 백 팩이 있으면 49,07달러다. 한화로 56,092원이다. 그래도 버스비보다 싸다. 만약 산티아고에서 깔리마(아타까마) 구간을 버스로 가면 23시간 소요되고 Cik버스(일반)는 25페소(약 4만 원대), Pullman버스(우등)는 39페소(약 6만 원대), 살롱까마는 58페소(약 9만 원대)로 비행기와 비슷하거나 더 비쌌다. 물론 항공요금도 출발 임박하면 당연히 비싸진다.

≪ 남미 버스 종류 ≫

●세미까마(semi cama) : 좌석이 우등과 비슷함

●살롱까마(salon cama) : 좌석이 180도 눕혀짐.

(버스 내 화장실있고, 특히 살롱은 베개, 담요, 도시락 제공)

≪ 현지 버스 예매 ≫

상파울루에서 포즈두 이과수Foz do Iguacu행 비행기를 알아보니 20만 원이 넘는다. 버스는 Pluma버스와 Catarinense버스가 있다. 누군가가 버스 타이어가 한 개짜리 보다 두 개짜리가 더 쿠션이 좋다고 한 말을 기억하고는 사진을 통해 보니 Puma 버스는 한 개고 Catarinense 버스는 두 개다. 홈피에 들어가서 예매를 시도했으나 포르투갈 언어가 예매 진행을 막았다. 대행사인 Click 홈피에 들어가서 수수료 주고 예매했다. 한국 돈으로 만 원 이상이나 차이가 나는 것 같았다.

Clickbus회사가 메일로 보내준 e티켓은 인쇄해서 상파울루 바라푼다 버스터미널로 가서 실물 티켓으로 교환하거나 자동발매기를 통해 발권한다. 이렇게 해서 초기 이동 교통편을 확정 지었고 이후의 교통편은 현지 상황에 따라 하기로 했다.

≪ 비자 ≫

볼리비아 비자는 출발 전날 서울에서 받도록 하고 안되면 부에노스아이레스 볼리비아 영사관에서 받는다. 비자 발급의 마지막 기회는 볼리비아 입국 전 페루 깔리마에서 받고 진짜 여의찮으면 도착비자 수수료 약 100달러 정도를 국경 통과할 때 부담해야 한다. 비자 수수료는 서울과 부에노스아이레스에서는 무료이고 그 외의 지역은 약간의 수수료가 있고 발급하는데 2~3일 정도 걸린다.

≪ 예방접종 ≫

작년에 황열병 접종했고 접종 증명서도 갖고 있다.

≪ 배낭 꾸리기 ≫

작년 유럽 배낭도 작았지만(32리터), 이번 배낭여행은 더 작은 25리터로 간다. 배낭 꾸리는 비결은 이렇다.

● 이거 혹시? 는 무조건 제외했고
● 아리까리? (알쏭달쏭)도 제외
● 한두 번 아니 서너 번은 쓰이지 않을까도 제외하고
● 이거 없으면 절대 안 되는 것들만 추렸다.

준 비 물							
남미 배낭여행 (IN 상파울루 / OUT 멕시코시티)		2018년12월 ~ 2019년3월				Jongwon Hwang	
서류	여권 / 복사본	돈&카드	US달러	전자제품	핸드폰 2대	상비약	소화제
	여행보험서류(영문)		하나비바 (비자)		폰 베터리2개		해열제 / 진통제
	항공권		하나비바 (마스터)		폰충전기		알러지약 / 심장약
	교통수단 바우처		우체국카드		보조베터리		감기 몸살약
	국가별일정표		씨티카드		OTG/USB64기가		코,목감기/위보호제
	비상연락망		보안카드		이어폰 / 멀티탭		지사제 / 변비약
	알러지번역카드				셀카봉/고릴라		타이레놀
	여권용 사진 5매				미니전기장판		파스 / 물파스
	미국esta /캐나다eTA서류				2구콘센트		아시클로버 / 밴드
의류	오리털 잠바	위생용품	치솔	생활용품	반짇고리	보안	자물쇠 2개
	반바지		치약		옷핀		와이어 2개
	겨울내의 상하1벌		면도기		손톱깎이		허리색
	양말(+긴양말) 2		스포츠타월		손가위		목걸이지갑
	팬티(반삼각) 2		비오킬		귀후비게		
	긴팔남방 1				선글라스		
	수영복				포크겸용 숟가락		
가방	25리터 배낭	기타	우산 / 비옷	문구&책	수첩 1	신발	운동화
	배낭 방수커버		마트용비닐봉지20매		수첩 2		쪼리
	압축미니가방		고무줄		4색볼펜 2자루		
			비닐장갑				

≪ 보안 사항 ≫

카드는 사용 알림을 설치해서 즉각적인 대처를 할 수 있게 했다. 카드 앱을 깔면 사용 중지 또는 재사용(on, off) 기능이 있어서 카드 사용할 때는 on으로 하고 평상시는 off 해 두면 피싱이나 도용에 대처할 수 있다.

≪ 필수 앱 설치 ≫

●google maps : 구글 지도

●maps.me : 중, 남미에서 필수 지도 앱

●rome2rio : 출, 도착만 입력하면 교통편을 볼 수 있다.
●como llego : 부에노스아이레스 지도
●Moovit : 전 세계 대도시 실시간 대중교통 정보

상기 길 찾기 앱 중에서 구글이나 맵스미는 미리 지도를 내려받아 두면 데이터 없이도 사용할 수 있다. 나머지 앱들은 반드시 데이터가 필요한데 실제로 사용 빈도는 낮았다.

그 외 필요한 앱
●부킹닷컴 : 숙소 예약
●Currency : 환율 계산기
●스카이스케너 ; 항공권 비교 및 예약
●외교통상부 : 동행 가입

≪ 버스 앱 ≫
●catarinense.com.br : 브라질
●cruz del sur : 페루, 남미 가장 안전하고 깨끗한 버스
●Recorrldo : 칠레 & 아르헨티나
●red bus : 페루 & 남미국가 일부
●ADO : 멕시코

Are you ready?

출발

01 대구에서 서울로

집에서 인천공항까지 기나긴 여정

12월 16일 일요일. 창문을 열어보니 간밤에 비가 왔나 아스팔트가 촉촉하다. 집 안 정리 이것저것하고 커피 한잔하며 출발을 기다렸다. 오전에 비 오는 날은 따뜻한 커피 한잔 마시면서 창문을 통해 비 오는 거리를 바라다보는 즐거움이 있지만 오후에 비가 올 때는 애호박전과 막걸리를 마시면서 뽕짝을 듣는 재미 또한 쏠쏠하다. 배낭은 며칠 전부터 꾸렸는데 배낭 무게를 줄이기 위해 아마도 수십 번은 더 비웠다가 채웠다가 했다.

12시 통영발 대구행 시외버스를 탔다. 점심으로 갈색 반점이 여기저기 피어난 나이 먹은 바나나 2개랑 군밤 한 봉지를 손가방에 넣었다. 나이 들어 치아가 안 좋아서 무른 것들을 찾다 보니 바나나는 샛노랗고 쭉쭉빵빵할 때보다 거무죽죽하고 물렁물렁해질 때가 더 맛있고, 참외도 싱싱한 거보다 딴 지 오래되고, 껍질에 약간

- 17 -

주름이 잡히고, 손으로 만지면 말랑말랑한 느낌이 나는 올드한 참외가 더 맛있다. 속이 농익어서 깨물면 단물이 입 안 가득 베인다. 참외뿐만 아니라 간혹 떨이 판매하는 망고도 마찬가지다. 껍질에 검버섯 피고 늘어빠진 놈이 노랗고 싱싱한 망고보다 더 맛있다. 사과 역시 싱싱한 것들은 오독오독 씹어야 하는데 오래되어 쭈굴이 된 사과는 아삭한 맛은 없지만 달고 맛있다. 한입 깨물면 입안에서 사르르 녹는다. 늙은것들 예찬론 같지만 나이 들어 치아가 부실하면 어쩔 수 없다.

대구 서부 터미널의 파란 하늘이 해맑게 웃으면서 맞이한다. 친구들 모임 장소가 반월당 근대 골목 미도다방인데 지하철 타고 가면 금방이지만 약속 시간도 남아서 걸어가기로 했다. 약 1시간 10분 정도 걸었나 보다. 겨울치고는 좀 푸근한 날씨 덕분에 춥지 않게 잘 걸어서 약전골목(근대 골목)에 도착했다. 여행은 대구에서 1박을 하고 서울에서 2박을 한 후 19일 브라질 상파울루행 비행기를 탄다. 친구들 만나 뷔페식당에서 저녁을 즐기고 친구들은 다들 집으로 가고 필자는 게스트하우스로 가서 여행 첫날밤을 보냈다.

02 드디어 출발

서울시청 옆 재능교육 8층 볼리비아 대사관에서 비자를 발급받았다. 수수료는 무료다. 아르헨티나 부에노스아이레스에 가서 해도 무료인데 산티아고나 깔라마에서 비자를 발급하면 30달러? 인가 수수료가 있다. 비자가 없으면 국경 통과할 때 100달러를 줘야 한다. 비자 발급 서류는 인터넷을 통해 볼리비아 대사관에 접속해서 올려야 한다. 약 2시간 넘게 대기한 후에야 비자가 나왔다. 이제 모든 준비가 끝났다. 대구처럼 서울에서도 친구들 환송한다고 모임을 가졌다. 종로5가 횟집에서 방어회랑 소주 한 잔씩 하고 2차는 가볍게 맥줏집에서 한잔 더하고 헤어졌다.

12월 19일 인천공항 아에로 멕시코 창구에서 티켓 2장을 받았다. 1장은 인천 ~ 멕시코시티 또 다른 1장은 멕시코시티 ~ 상파울루다. 탑승 수속 절차를 마치고 게이트 앞 대기석에 앉아 있는데 약간의 두려움과 눈 앞에 펼쳐질 낯선 도시의 설렘이 교차해서 묘한 감정이 불쑥불쑥 올라온다.

작년 서유럽 여행을 마치고 포르투에서 남미 비행기 타기 전에 얌전히 잠자고 있던 부정맥이 터져서 급 귀국을 한 후로는 상당히 조심스럽다. 이번 80일 여행에도 건강상 많은 변수를 안고 간다. 무탈하여 예정대로 잘 마치고 돌아올지 아니면 급 귀국할지 모르겠다. 어떤 경우에도 만족한다. 일단 배낭 꾸려서 대문을 나섰다는 용기에 박수를 보낸다.

한국시간 낮 12시 35분 아에로 멕시코 비행기가 이륙했다. 멕시코 공항까지는 약 11시간 50분 소요된다. 이륙하고도 한참 시간이 지났으나 기내식 소식은 없다. 배고파서 욕이 나올 무렵에 저 앞쪽부터 음식 냄새가 솔솔 풍긴다. 기내식으로 치킨과 파스타 선택이다. 망설임 없이 치킨을 달라고 해서 먹고 커피 마시면서 스크린을 이리저리 만져보니 미션임파서블이 눈에 들어온다. 최신 작품일까? 역시 미션임파셔블이 갑이고 나머진 보다가 안 보다가 그러는 사이 비행기는 북태평양 상공을 지나가고 있다. 도착 즈음에 기내식이 한 번 더 나왔다.

03 멕시코시티 공항

한국시간 밤 12시 50분 멕시코 시간으로 오전 9시 50분 중간 기착지인 멕시코시티 공항에 도착했다. 당일 환승이 아니고 여기서 하룻밤을 자고 내일 오전에 최종 목적지인 브라질 상파울루에 도착한다. 싸구려 티켓의 운명이다. 멕시코시티 국제공항 냄새가 방콕 공항에서 나는 것이랑 비슷했다. 시설이 아주 낙후돼있어 흡사 촌 동네 시외버스터미널 같다. 심사관 질문은 뻔했다. 왜 왔니? 며칠 있다 가니? 잘 데는 있니? 그러곤 쾅 도장 찍어 준다.

내일 오전에 비행기를 타야 하는데 원래 계획으로는 멕시코 공항은 노숙이다. 그런데 도착지인 상파울루 공항도 밤늦은 시간(밤 10경)에 도착이라 공항 노숙해야 한다. 장거리 비행기 이동과 연속적인 노숙으로 체력 소모가 많다고 판단돼서 멕시코 공항에는 하룻밤 묵기로 했다. 이즐립 호텔(Izzzleep hotel)이라고 공항 1터미널에 있고 2터미널에도 있다. 입국 심사하고 나와서 오른쪽 끝까지 가면 밖으로 나가는 문이 있다. 이 건물 밖에서 보면 이즐립 간판이 보인다. 리셉션에 올라가니 체크인이 오후 1시부터라고 한다. 2시간이나 기다려야 해서 와이파이 번호 얻어 아래층 버스터미널 대기실에서 죽치고 있었다. 일 숙박비가 650페소로 37,520원이다. 멕시코 물가치고 더럽게 비싸다. 환승 시간이 넉넉해 잠시 소칼로 광장이라도 다녀올까 하다가 시차가 바뀌어서 잠 한숨 못 잤고, 내일 또 상파울루까지 장거리 비행으로 그냥 푹 쉬기로 했다.

12월 20일 (목요일) 다시 배낭을 꾸려서 공항으로 들어왔다. 공항으로 하니까 버스나 지하철 상상이 되지만 이즐립 캡슐호텔은 공항 청사와 바로 붙어 있어서 걸어서 1분 만에 진입했다. 멕시코 입국 시 적었던 입국카드 반은 가져갔고 나머지 반은 보관했다가 출국할 때 제출해야 하는데 분실하면 돈을 내야 한다. 대다수 남미국가가 이런 시스템을 가지고 있다. 출입국 관리소에서 주는 종이 서류는 신줏단지 모시듯 잘 보관해야 한다.

멕시코 공항 출국장은 2층이다. 여기에 각 항공사가 있다. 필자는 수화물이 없어서 바로 보안 검색대로 갔다. 끝 무렵 구석진 곳에 보안 검색대로 가는 통로가 있다. 검사 후 나가면 면세점 구역인데 이미그레이션 (출국심사)을 찾아도 안보였다. 일단 상황판을 보니 69번 게이트다 끝까지 가야 하나 보다. 게이트가 훤히 보이는 위치까지 갔는데도 출국 이미그레이션이 안보였다. 이상하다 생각되는 순간 앞쪽에 안내 부스가 보여서 물어봤다. 왜 이미그레이션이 없냐고 여권에 출국 도장이 없어도 괜찮냐고 하니 잘생긴 멕시칸이 출국심사 없이 그냥 비행기 타도 되니 걱정하지 말란다. 출국심사 없는 나라는 첨 본다. 남미가 EU 블록도 아니고 뭐 암튼 8시 30분 보딩 체크하고 입국 때 받은 종이 쪼가리 주고 비행기 탔다.

필자는 비행기를 타면 선호하는 좌석이 있다. 기내식을 가장 빨리 받을 수 있는 블록의 복도석을 가장 선호한다. 처음 비행기 탈 때는 창문 쪽을 좋아했는데 단거리가 아닌 장거리는 화장실 이용이나 간단한 복도 걷기운동 할 때 복도석 좌석이 편하다. 기내식도 빨리 받아서 먹어야 하는데 그 이유는 식사 시간이 남보다 오래 걸린다. 오늘은 운이 좋게도 옆 좌석이 비어있다. 아주 쾌적한 여행이다.

멕시코 공항에서 시차 적응을 하려고 하루 쉬었지만, 브라질도 만만찮다. 그리고 브라질 상파울루 공항에는 밤 10경 도착이고 입국 심사 받고 뭐 어영부영하면 밤 11시다. 시내 나가는 것은 무리고 멕시코처럼 공항 내 숙박시설이 있는 것도 아니고 그냥 노숙이다. 12월 16일 집 나왔으니 집 나온 지 5일 만이고, 인천공항 출발한 지 3일 만에야 배낭여행의 첫 출발점인 상파울루에 도착한 것이다.

예고편이 너무 길었나???

험난한 출발은 이게 전부가 아니다. 상파울루에서 하룻밤 숙박 후 야간버스로 장장 18시간 타고 가야 이과수 폭포를 구경할 수 있다. 아마도 이후 목적지인 부에노스아이레스에서 비로소 정상 컨디션을 회복하지 않을까 생각한다. 험난하고 긴 여정이다.

제1장 브라질

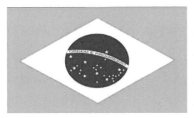 파란색 원안의 별자리는 브라질
이 포르투갈로부터 독립한 1889
년 11월 15일 8시 30분에 수도 리
우데자네이루 하늘에서 펼쳐진 별자
리라 한다. 원 가운데 포르투갈어
로 뭔가 적혀있는데 점령자 언어가 국기에 들어간 것도, 브라질
언어가 포르투갈어인 것도 이해하기 어렵다. 남미에서 브라질이
유일하게 포르투갈어를 사용하고, 나머지 국가들은 전부 스페인
어를 사용한다. 정복자, 약탈자의 글을 국어로 삼다니 한국이 과
거 정복자인 일본어를 쓴다는 것은 상상하기조차 싫은데 남미는
세종대왕급 영웅이 없었나?

01 상파울루 과룰류스 공항 노숙

밤 10시 브라질 입국심사에서 쿨하게 생긴 심사관이 여권을
쭉~ 보더니 묻지도 쳐다보지도 않고 쾅 찍어준다. 오우~ 첫 느
낌 괜찮네 하며 세관 신고 없는 통로로 나오는데 허리춤에 권총
찬 보안요원이 날 딱 세웠다. 어디서 와서 어딜 가느냐고? 순간
흠칫 긴장된 표정으로 남미 한 바퀴 돌아보려고 왔다니까 등짐
진 배낭 말고 다른 짐 없느냐고 묻는다. "이게 전부 다요" 하니
남미 일주하는 여행객이 왜 짐이 이것밖에 없냐고 시비 걸더니
만 수상하니 짐 검사 좀 하잖다. 뭐 해봤자 아무것도 안 나오니
신기한 듯 쳐다보더니 그냥 가란다. 다음부턴 이불 보따리와 냄
비랑 이고 지고 댕겨야겠다.

02 브라질 상파울루

30도를 오르내리는 상파울루이지만 과률류스 공항에는 에어컨이 세게 가동돼서 그런지 춥다. 밤에 추워서 오리털 파카를 입고 자는 둥 마는 둥 눈만 잠시 붙였다. 우선 시내까지 타고 나갈 버스비 마련이다. 세계 어딜 가나 공항에서 고액 환전은 매우 어리석은 짓이다. 10달러 한 장만 환전했다. 출발 전 국내에서 달러를 환전할 때 공황 환전 용도로 10달러짜리를 여러 장 준비했다. 여행 중 넘어야 할 국경이 약 9개나 되니까 소액권이 필요하다. ATM기도 있지만 소액은 거의 없고 대부분 고액 지폐만 나와서 다시 소액 지폐로 바꾸려면 무엇을 사거나 해야 한다.

과률류스 공항에서 시내로 나가는 방법은 보통 버스를 타고 띠뚜아뻬(Tatuape) 역에서 내려 목적지까지 지하철로 환승해 간다. 버스는 2가지가 있는데 공항버스(50헤알)와 일반버스(6헤알)가 있다 배낭여행자는 당연히 일반버스다. 터미널2 기준으로 공항 출국장에서 onibus 표지판을 찾아야 한다. onibus 표지판 보고 공항 밖으로 나오면 따뚜아뻬로 가는 일반버스 257번 정류장이 있다. 요금은 6.15헤알이고 탑승할 때 기사에게 지불하면 된다.

버스는 승객들을 가득 채우고 1터미널을 지나 시내로 가다가 따뚜아뻬 역에서 멈추었다. 여기가 종점이다. 9시 10분쯤 탔는데 러시아워인지 거의 1시간 걸렸다. 버스에서 내려서 바로 옆에 지하철 입구로 가는 계단으로 올라가면 상파울루에서 엄청나게 큰 쇼핑몰과 연계되어있는 통로가 있다. 일단 숙소부터 가야한다.

부킹닷컴에서 예약한 Red monkey hostel로 가니 아주머니 한 분이 자리를 지키고 있었다. 필자가 쏼라쏼라하니 아주머니께서 폰을 꺼내더니만 영어로 된 번역물을 보여준다. 체크인 시간이 아니다. 배낭을 보관해 줄 테니 어디 놀다 오라는 내용이다. 배낭을 보관하고 시내 중심가로 나갔다.

상파울루의 대부분 보도는 이런 조각들로 만들어졌다. 보기만 해도 시원한 '칼사다 포르투게사'라는 이름의 물결무늬 자갈 바닥이 깔려있다. 이런 모양은 포르투갈이 원조다. 작년 리스본에 갔을 때 다양한 무늬를 봤다. 브라질이 포르투갈의 정복지여서 영향을 많이 받은 것일까? 오래되어 보이는 성당을 발견하고 잠시 들어가서 쉬었다. "수고하고 무거운 짐 진 자들아 다 내게로 오라" 성경책 구절이 떠오른다. 필자는 종교가 없지만, 유럽 배낭여행 때 여유 있는 여행객들이 카페에서 비싼 커피를 홀짝일 때 호주머니가 가벼워서 성당 신세를 참 많이 졌다. 대부분의 유럽 성당들은 미사가 없을 때도 개방되어있고 누구나 들어갈 수 있다. 특히 실내가 좀 어둑어둑해서 잠시 눈을 붙이기 아주 좋다. 그러나 일부 유명세를 치른 성당은 하나님 말씀을 어기고 입장료를 받는다.

상파울루는 브라질에서 2번째 규모를 가진 도시지만, 볼거리가 별로 없다. 지하철역 입구마다 노숙자들이 널브러져 있고 스마트폰이나 낚아채려고 기웃거리는 부랑자들이 곳곳에 깔린 느낌을 받았다. 바라푼다 버스터미널로 가서 내일 출발하는 이과수 폭포로 가는 버스티켓을 발권하고 다시 호스텔로 와서 좀 쉬었다가 이른 저녁을 먹으러 동네를 어슬렁거렸다.

  손님들이 북적이는 동네 식당에 들어가 남미 대륙의 첫 출발점인 상파울루 무사 랜딩 자축 기념으로 닭튀김과 맥주 한 병을 주문했다. 35헤알이다. 단순 계산하면 10,100원이지만 낮에 시내 구경 중 ATM에서 100헤알을 뽑았을 때 수수료가 붙어서 4,200원이 들어갔다. 그러니까 식사비가 11,570원이 되는 셈이다. 맛은? 개판이다. 너무 짜고 닭도 냉장이 아니라 냉동된 닭을 사용했는지 식감이 푸석하고 질긴 맛이다. 빵은 의외로 먹을 만했다. 다 먹었냐고? 반 정도 남기고 구시렁거리면서 식당을 나왔다.

다음 날 아침에 창문을 여니 더운 공기가 확~하고 밀려 들어온다. 뜨거운 태양이 작열하지만 상파울루의 아침 하늘은 파란색 페인트로 곱게 칠해져 있다. 호스텔 주방으로 가니 30대 중반으로 보이는 브라질 여자가 상냥하게 웃으며 이것저것 도와준다. 수박 주스 같은 불그레한 주스를 직접 따라 준다. 주스 이름을 들었는데 까먹었다. 또 빵에 발라먹을 잼도 맛있다며 티스푼에 살짝 맛보라고 준다. 생긴 건 거무튀튀해서 권하지 않았다면 쳐다도 안 볼 코코아 잼인데 먹어보니 맛있다. 이것저것 이야기 중에 자기는 호스텔 주인

딸이며 이름은 실비아라고 소개했다. 경험상, 이 정도면 호스텔 식단 중에서 중급이다. 하급은 뭐 메뉴라고 할 것도 없다. 그냥 토스트랑 커피가 전부다. 중급은 우유에 콘 플레이크랑 토스트 그리고 과일이 포함된다. 고급은 중급에 소시지 등 육류가 들어간다. 하급, 중급, 고급이란 등급이 호스텔 숙박비에 따라 정해진 것이 아니고 숙박비가 비싼데도 조식이 부실하게 나오는가 하면 저렴한 숙박비에도 불구하고 호텔급 조식이 나오는 곳도 있다.

이과수 폭포로 가는 버스가 오후 4시에 있다. 시간이 어중간해서 규정상 12시에 체크아웃하고 리셉션 앞 휴게실에 앉아 있으니 조식 서빙해준 실비아가 찾아왔다. 여기 신경 쓰지 말고 푹 쉬다가 가라면서 상냥한 미소를 짓는다. 체크인할 때 본 남자 직원도 얼마든지 있다가 가라고 한다. 따뜻한 정이 넘친다. 휴게실에 진을 치고 앉아 창밖을 바라보다가 문득 왜 여행할까? 라는 생각이 떠오른다.

나는 왜 배낭여행을 할까?
여행이란 내 발목에 찬 족쇄로부터 해방이자 내게는 자유로움의 분출이다. 이제는 배낭을 메고 비행기를 타고 낯선 나라에서 눈뜰 기회는 그리 많지 않다. 아직은 못 가본 나라가 있지만 매연에 찌든 동남아 도시들은 가고 싶지 않고, 인도는 가본 적도 없지만 비싼 비행깃값 내면서까지 지저분한 곳들은 흥미를 잃은 지 오래다. 여행할 기회가 몇 번이나 남았는지는 모르지만 소중한 기회는 아껴 쓸 생각이다. 그런데도 프랑스는 다시 가고 싶다. 센느 강변에서 조깅도 하고 싶고, 튈르리 공원 벤치에 앉아 시집을 읽으며 허세도 부리고 싶고, 샌드위치를 사 들고 뤽상부르 공원으로 가고 싶다. 가끔은 콩코르드 광장에 나가 빵 없으면 케이크를 먹어라 외친 마리 앙투아네트 왕비가 단두대에서 목이 댕강 잘린 상상도 해보고 싶다.

그런데 사실 배낭여행은 가기 전 루트를 개발하고 교통편을 알아보고 무엇을 어떻게 볼 것인가 하는 작전계획을 짤 때가 가장 재미있고 설레고 낯선 도시의 호기심으로 가슴이 충만해진다. 그러다가 배낭을 꾸려서 공항으로 비행기 타러 나갈 때면 은하계를 떠난 보이저처럼 미지의 세계에 첫발을 내딛는 묘한 두려움에 떨곤 한다. 미지의 나라에서 아침에 눈을 떠 본 적이 있는가? 적당한 아침 요기가 없는가 하고 동네를 어슬렁거려 본 적이 있는가? 해 질 무렵 노상에 파라솔을 편 가게에 앉아 맥주 한 잔 시켜놓고 길거리에 오가는 사람들을 구경한 적이 있는가?

상파울루의 조용한 동네 이른 오후 정원이 보이는 호스텔 휴게실에서 쉬고 있다. 창문을 통해 들어오는 이것저것 냄새와 다니는 자동차 소음과 지나가는 동네 사람들 말소리 그리고 TV에서는 브라질 방송이 나오는 낯선 도시에서 일상의 한가로움을 즐기고 있다. 이제 이과수행 버스 타러 가야겠다. 마트에 들려 버스 이동 중에 마실 생수랑 혹시 차 내식이 안 나올 경우를 대비해서 비스킷도 샀다. 지하철을 타고 바라푼다 버스 터미널에 왔다. 토요일이라 엄청나게 붐빈다. 여러 회사 창구가 일렬로 죽 나열돼있다. 같은 목적지라도 금액이 회사마다 다 다르다.

출발 10분 전에 버스가 게이트로 들어왔다. 버스가 크고 단단하고 멋있게 생겼다. 뭐랄까 그레고리 펙을 닮았다고나 할까 그리고 듣던 대로 뒷바퀴가 2개나 달렸고 심지어 앞에도 바퀴가 2개다. 바퀴가 많을수록 승차감이 좋다던데 기대하면서 2층으로 올라갔다. 덩치가 후하게 생긴 기사가 올라와서 포어로 뭐라고 하는데 아마도 버스 운행에 대해 말하는 것 같다. 배낭을 누가 훔쳐 갈까 봐 선반에 못 올리고 양다리 사이에 딱 끼고 있다. 다리가 좀 불편해도 배낭을 잃어버리는 것보다는 낫다. 남미에 대한 필자의 인식이 이렇다. 사실은 남미 오기 전에 인터넷상에 떠돌아다니는 부정적인 인식이 있다 보니 매사에 조심해서 나쁠 건 없다.

까따린네스 버스(Catarinense)는 미끈하고 잘난 그레고리 펙을 닮았지만, 그것은 껍데기뿐이었다. 차내 식은 없다고 하더라도 와이파이조차 안 된다. 게다가 USB 충전 단자가 의자 아래에 있기는 있는데 고장인지 충전이 안 된다. 버스 앞뒤로 바퀴가 2개씩이나 되는데 승차감은 영 별로다. 차비는 거금 87,000원 줬는데 서비스는 빵점이다.

어느덧 날이 훤히 밝았다. 그런데 중간마다 정류장에 도착했을 때 이곳이 어디인가를 아무도 말해주지 않았다. 물론 버스 내부에 싸인 판도 없다. 앞자리에 자고 있던 브라질 여자가 갑자기 놀란 얼굴로 두리번거리더니 필자에게 묻는다. 여기가 카스카베우냐고 이럴 땐 뭐라 할 말도 없어서 그냥 양팔을 약간 벌리면서 어깨를 들썩여주는 거 외는 다른 방법이 없다. 얼마 후 이과수 시외버스터미널에 도착했다. 버스에 내려 제복 입은 남자한테 "떼르미널?" 하니까 실내로 들어가 왼쪽으로 나가면 된다고 알려준다. 버스비 3.75헤알을 기사에게 주고 탔다.

잠시 후 시내버스 터미널(TTU)에 도착했고 배낭을 호스텔에 맡기고 갈까 하다가 시간이 어중간해서 그냥 가기로 했다. TTU 버스터미널에서 이과수 폭포로 가는 L120 번 버스를 타야 한다. 버스 라인이 3개밖에 안 되니까 이리저리 살펴보면 쉽게 찾을 수 있고 또 버스가 오면 차장이 '까따라따스'라고 외친다. 버스비는 시외버스터미널에서 버스를 탈 때 이미 주었으니 그냥 탄다. (환승 개념이라 생각하면 된다)

03 브라질 이과수
버스는 포즈두 이과수 공항을 거쳐 약 50여 분 만에 포즈두 이과수 국립공원 매표소에 도착했다. 관광객들로 초만원이다. 크리스마스 연휴에 일요일이라 어마어마한 인파가 몰렸다. 뱅뱅 돌아가는 라인이 10줄은 넘어 보였다. 한참 후 입장료 69헤알에(약 2만 원) 락카 대여료 30헤알(약 8천 원) 합해서 99헤알을 카드로 긁었다. 락카에 배낭 넣어놓고 우산이랑 생수, 빵, 수건을 넣은 미니 배낭을 메고 출발했다. 이젠 폭포가 있는 곳으로 가는 셔틀버스를 타고 3번째 정류장에서 내리면 된다.

브라질 포즈두 이과수

아르헨티나 여정
부에노스아이레스 ~ 엘 칼라파테 ☞ 항공 4시간 30분
엘 칼라파테 ~ 엘 찰텐 ☞ 버스 3시간
엘 찰텐 ~ 바릴로체 ☞ 버스 27시간

제2장 아르헨티나

아르헨티나 국기의 태양은 잉카문명의 상징이자 아르헨티나가 독립하는 계기가 된 5월 혁명 표시고 하늘색과 하얀색은 아르헨티나 독립 전쟁이 일어나던 1810년 마누엘 벨그라노 장군이 로사리오에서 에스파냐군을 격파한 것을 기념으로 당시 병사들의 군복 색깔을 국기로 지정하였다.

01 아르헨티나 이과수

서너 블록 떨어진 환전소(Cambio)를 찾아가서 20달러를 아르헨티나 페소로 바꾸니 545페소를 준다. 달러는 액면가가 작으면 고액권(주로 100달러)보다 낮게 계산해 준다. 환전할 때는 손해지만 당장 아르헨티나 넘어가면 자잘하게 쓸 돈이 없기 때문이다. 그리고 수중에 남은 브라질 돈은 20헤알 남았는데 생수 한 병 사고 터미널까지 시내 버스비 주고 10헤알 남았는데 혹시 모르니 갖고 있기로 했다.

이과수 폭포로 가는 버스는 어디서 탈까? 인터넷으로 조회해보니 TTU 버스터미널을 등지고 왼쪽으로 조금만 가면 있다고 해서 슬금슬금 가보니 어라 없네? 오던 길 다시 걸어오는데 터미널 바로 옆길이 보인다. 여긴가? 하고 쭉 걸어가는데 아르헨티나 행선지를 단 버스 한 대가 휙 지나간다. 정류소 가까이 가보니 인터내셔널이라 적혀 있고 브라질, 아르헨티나 국기가 그려져 있다. 한참을 기다린 후에 아르헨티나 가는 버스를 탔다. 버스에 푸에르토 이과수라 딱 적혀있다.

　알젠티나? 하니 기사가 타라고 한다. 버스비 6헤알 주고 탄 버스는 그대로 브라질을 지나서 아르헨티나 검문소에 정차했다. 아르헨티나 심사관이 '까따라까스?' 하며 쳐다보자 바로 고개를 끄떡이니 여권을 이리저리 보고 60일짜리로 도장 찍어준다. 옆에 직원이 보안검사도 안 하고 그냥 지나가란다. 쭉 나오니 타고 온 버스가 기다린다.

　어쨌든 아르헨티나 푸에르토 이과수 시내 버스터미널에 도착했다. 시차가 있어서 오전 11시가 10시로 변경돼서 1시간 벌었다. 터미널 짐 보관 센터에 배낭을 80페소 주고 보관하고 이과수로 가는 우루과이회사 버스가 저렴해서 왕복으로 티켓팅 했다. 버스비는 왕복에 260페소다. (약 8천 원) 버스는 10시 50분 출발했고 폭포 공원 입구까지 30분 소요되었다. 가는 길이 밀림 속이다 보니 표범 출몰 지역 표시판도 보이고 그러다 이구아나 한 마리가 도로를 지나가니 버스가 속도를 줄였다. 푸에르토 이과수 도착해서 돌아가는 버스 시간표 찍어두고 매표소에서 입장료 700페소(약 21,000원)를 카드로 결제했다.

매표소에서 트레인(꼬마기차) 타는 곳까지 제법 간다. 가면서 이것저것 구경하다가 역에 도착하니 트레인이 막 출발한다. 간발의 차이로 놓치고 시간표를 쳐다보니 30분 단위로 운행한다. 먼저 악마의 목구멍을 보고 나머진 천천히 볼 거다.

그런데 오늘이 월요일이라 그런지 관광객들이 별로 없어서 한가롭다. 드디어 트레인이 들어오고 타려고 하는데 제복들이 트레인 티켓을 요구한다. 무슨 티켓? 줄 서 있던 일부 관광객들 상황을 알아차리고 오던 길을 되돌아가서 티켓을 받아온다. 필자도 그들 무리에 끼여 구시렁거리며 티켓을 받아왔다. 그러나 트레인은 이미 출발했고 또 30분이나 기다려야 한다. 악마의 목구멍은 언제 보나? 갑자기 개빡침 @#% 개떡 같은 시스템이다. 필자가 생각하기엔 공원 전체를 관리하는 부서가 한 군데라면 입장할 때 티켓을 팔았으므로 트레인 티켓이 필요 없는데 아마도 트레인만 하청을 주어 누군가가 별도 관리를 하나 보다. 그게 아니고서는 이렇게 불편한 시스템이 있을 수 없다. 출발점부터 1시간이나 까먹었다.

<디아블로 Daiblo 악마의 목구멍 입구>

악마의 목구멍에서 내려 입구로 들어서면 철재 다리가 폭포까지 연결되어 있다. 하늘색과 구름색이 이처럼 선명한 건 처음 본다. 햇볕이 너무 강렬해서 악마의 목구멍 보기 전에 내 뒤 목덜미가 먼저 구워질 지경이다. 저 멀리서 ㄲ르렁 ㄲ르렁하고 악마가 울부짖는 굉음이 들린다. 아 여기로구나 그저 경이롭다. 자연의 위대함에 존경한다. 악마의 정체가 점점 드러나고, 엄청난 굉음 ㄲ르렁 ㄲ르렁 콰콰르르르~~~ Diablo의 목구멍에서 뿜어내는 물세례를 맞으면서 한참이나 서서 구경했다. 이놈이 세상의 물이란 물은 다 집어삼키고 있다. 배가 불렀는지 목구멍 깊숙이 무지개를 피운다. 목구멍 아래로 넋 놓고 바라보고 있는데. 갑자기 어디선가 드루와~ 어서 드루와~ 라고 소리친다. 세상 다 털어버리고 목구멍 깊숙이 뛰어들고 싶은 충동이 생겼다. 저 목구멍 안쪽 세상은 과연 어떤 모습일까?

영화 미션(The mission)이 떠올랐다. 인간의 욕망과 추악함을 떨쳐버리고 폭포 속으로 뛰어든 선교사 스토리다. Diablo 폭포는 진한 감동을 준다. 강한 비트처럼 으르렁거리는 폭포 소리와 그 위의 포말

들을 보니 갑자기 딥 퍼플(Deep Purple)의 Smoke on the water의 리듬이 지나간다. 악마가 뿜어내는 물세례를 맞아 흠뻑 젖은 옷은 강한 햇살에 금방 말랐다. 다시 트레인을 타고 첫 출발역으로 왔다.

양대 폭포 비교
브라질(포즈두) vs 아르헨티나(푸에르토)
밥 샙 vs 언더테이크 정도 아닐까?

WWE를 좋아한다면 금방 이해가 되겠다. 아르헨티나 푸에르토 이과수는 언더테이커의 내뿜는 괴기스러운 표정에 한 손으로 상대방 목을 질식시키듯 움켜쥐고 번쩍 들어 올려서 그대로 바닥에 내동댕이치는 무시무시한 엔딩기술인 초크 슬램(Chokes lam)이라면, 포즈두 이과수는 괴력을 뿜어낼 만한 포스를 가졌음에도 불구하고 니킥 한방에 나가 떨어지는 밥 샙 정도로 비교 설명이 되겠다. 물론 포즈두를 비하한 것은 아니고 푸에르토 이과수가 너무나 강렬하기 때문이다. 더 쉽게 비교하자면 아르헨티나 폭포는 퀸의 머큐리가 내뿜는 강력한 사운드인데 비해 브라질 포즈두 폭포는 존 덴버의 컨트리 송 정도라고 할까? 물론 주관적인 입장이라 개인차는 있을 수 있으나 필자는 아르헨티나 푸에르토를 강력히 추천한다.

시내 버스터미널에서 뷔페로 점심 겸 저녁을 먹고 마트에 들러 바나나랑 생수 사고 배낭 찾아서 숙소로 향했다. 숙소는 시내에서 15분 정도 걸어야 하는 곳에 있다. 예쁜 꽃나무가 피어있는 아주 조용한 마을이다. 예약한 버터플라이 호스텔 마당에는 해먹이 있고 그 앞에는 폭포에서 흘러나온 물이 작은 개울을 만들며 흘러간다. 시원한 강

바람을 맞으면서 망중한을 즐겼다. 내일 12월 25일은 크리스마스 날이다. 이제 아르헨티나의 수도 부에노스아이레스로 가야 한다. 비행기는 예매해 두었고 웹 체크도 미리 했다.

푸에르토 이과수 공항으로 가는 셔틀버스는 어제 호스텔 리셉션에 부탁해 두었는데 11시 30분에 온다던 셔틀버스가 12시쯤 왔다. 2시 20분 비행기라 넉넉했지만 다소 불안했다. 셔틀버스는 온 동네를 돌아다니면서 공항 가는 사람들 죄다 태우고야 출발했다. 그래도 공항이 가까워서 30분 남짓 걸렸다. 일반 택시는 700페소 셔틀버스는 200페소를 받는다. 이과수 공항 1층에는 시내로 가는 셔틀버스 티켓 판매소가 있고, 택시 부스도 있다. 공항은 규모가 작고 협소한데 승객은 많아 북적인다. 다행인 것은 와이파이가 된다는 것이다. 게이트도 하나뿐이라 행선지 불문하고 뒤죽박죽이다. 보딩 타임 딱 보고 시간이 되면 줄을 서야 한다. 간단한 보안검사 후 티켓은 폰에 저장된 QR 코드를 찍고 통과했다. 다른 승객들은 대부분 종이 티켓으로 보딩하는데 나만 폰을 쓱 내미니 다들 신기해하는 눈치다.

비행기를 타면 항상 궁금한 것이 뭘 주느냐다. 기내식은 언감생심이고 간단한 스낵이라도 기대해 볼까? 물론 저가 항공이라 국물도 없겠지만 이런 희망마저 없다면 너무 상심이 클 것이다. 마침 오늘이 25일 크리스마스인데 특식은 없나? 약간의 기대를 하고 기내에 들어

섰다. 비행기는 복도를 가운데 두고 2열, 3열로 된 중형 안데스 항공이다. 비행기 이륙시 급격히 고도를 높이더니 이내 정상 비행한다. 내부는 깨끗하고 괜찮아 보였으나 도착할 때까지 아무것도 안 주는 것 같더니 앞쪽에서 트롤리(trolley) 끄는 소리가 들렸다. 음료와 건빵 비슷한 비스킷 한 봉지씩 나누어준다. 올라~ 사랑해요. 안데스~^^ 약 1시간 40분 만에 부에노스아이레스(AEP) 공항에 도착했다. 랜딩도 부드럽게 잘 착지를 했고 이내 승객들이 손뼉을 친다. 작년 포르투에서 귀국할 때 모스크바 환승이었는데 소프트 랜딩 하니까 러시아 애들 손뼉 치더라 별스럽다. 아직도 기억에 나는 일은 재작년에 에어아시아 비행기 타고 방콕에 도착했을 때였다. 랜딩하고 멈출 때까지 여승무원이 노래 한가락 뽑는데 방콕이라는 이국적인 설렘에 꾀꼬리 같은 목소리로 노래 딱 하니 절로 박수가 나왔다.

안데스 항공(Andesonline.com) 웹 체크

출발 4시간 전까지는 웹 체크를 해야 한다. 안하면 얼미인지는 모르나 수수료를 내야 한다. 저가 항공은 다 그렇다. 웹 체크 하면 폰에 QR 코드가 뜬다. 수하물이 없는 경우는 바로 보딩하고 수화물이 있으면 웹 체크 상관없이 해당 항공사 데스크에 가서 짐을 부쳐야 한다. 안데스 항공 웹 체크 방법은 다른 항공사도 비슷하다. 하는 방법은 andesonline.com에 접속한다. 예약 코드는 티켓 결제하면 이메일로 날라 오는 대문자 영문 숫자 혼합 6자리를 말한다. 아래 Buscar를 클릭하면 다음 화면이 나오고 컨티뉴를 계속 클릭한다. 중간 화면은 그냥 확인하는 거다. 그러다가 비행기 좌석 그림이 딱 뜬다. 좌석을 선택하는 화면인데 선택하면 유료다. 선택 안 할 때는 그냥 컨티뉴 클릭한다. 이렇게 하다 보면 마지막 화면이 뜬다. 상단 오른쪽 연두색 부분이 예약 코드다. 내용 확인 후 아래 빨간색 WEB CHECK IN을 클릭하면 끝이다. 그러면 QR 코드가 있는 보딩패스가 뜬다. 요 걸 캡처해서 보여주고 비행기를 탄다. IGR은 푸에르토 이과수 공항 약어이고 AEP는 부에노스아이레스 공항 약어다.

웹 체크를 하는 이유는 내가 정해진 시간에 탑승하겠다는 의사표시 다. 만약 웹 체크를 안 하고 공항에 가면 예약은 되어있지만, 오버부 킹이 발생할 때는 좌석이 없을 수도 있다.

02 부에노스아이레스

공항 레스토랑에서 점심 겸 저녁을 먹고 숙소인 호스텔까지 버스를 타고 가려면 아 르헨티나 교통카드인 숩떼(SUBE) 카드를 사야 한다. 100페소 주고 카드값 30페소에 70페소 충전했다. 부에노스아이레스에서는 지하철이나 버스 등 대중교통을 이용할 때는 반드시 숩떼(SUBE) 카드를 써야 한다. 공항 밖으로 나와 구글 지도를 열어보니 33번이나 45번을 타야 한다. 시내버스 정류장은 공항 건물 양쪽 끝에 있다. 한참을 기다린 끝에 45번 버스를 타고 부에노스아이레스의 상징인 오벨리스크 부근에서 내렸다.

돌발상황

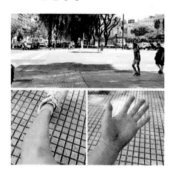

오벨리스크를 보고 5월의 광장으로 가는 중 신호등에 걸려 잠시 멈추었다가 건너가는데 한눈팔다가 그만 꽈당~ 하고 도로 한복판에서 개구리가 됐다. 지나가던 부에노스아이레스 여인이 걱정스러운 표정으로 다가와 괜찮냐고 묻는다. 쪽팔림을 무릅쓰고 씨익 웃으며 "I'm ok"했지만, 몸을 추슬러 보니 손바닥이 까지고 무릎도 까졌다. 이만하길 다행이지 엉덩이뼈가 부서졌다면 바로 귀국이다. 다시 멀쩡한 표정으로 나 괜찮아~ 하고 다독이면서 5월의 광장으로 갔다.

5월의 광장

부에노스아이레스 첫인상은 꼭 바르셀로나 기분이 들 정도로 건물 양식이 같았고 냄새도 비슷했다. 5월의 광장에 들어서니 흰색 건물이 카빌도라고 식민지 시대 총독부 건물이 있다. 총독부 건물 앞 광장 건너편에는 카사 로사다 대통령 궁이 있고 한쪽에는 대성당이 있는데 파리에 있는 마들렌 성당과 빼다 박았다. 현재 로마 가톨릭 수장인 프란치스코 교황이 여기서 사제로 있었던 곳이다.

 대성당 안쪽에는 독립 전쟁의 영웅 산마르틴 장군의 유해를 모신 곳인데 설마 신성한 성당 안에서 제복을 입은 군인들이 보초를 선다는 것은 상상을 못 했다. 그냥 잘 만들어진 마네킹인 줄 알았다 진짜 사람 같다는 생각에 가까이 다가서자 이마에 땀이 송골송골 맺혀있는 진짜 사람이었다. 너무 가까이 들여다봐서 그런지 보초도 긴장이 돼서 눈알을 좌우로 희번덕거리면서 어서 멀리 떨어져 하며 신호를 보내는 것 같았다. 민망스러워서 씩 웃으며 엄지척해주고 나왔다.

까미니또 거리 보카지구(La Boca)

덥다고 하니 구름이 몰려왔다. 어제처럼 길을 걸어도 땀은 나지 않았지만 시원하지도 않았다. 구름은 단지 뜨거운 태양을 잠시 가려주는 양산이다. 오늘은 라보카 지역에 있는 카미니또 거리를 가본다. 이 일대가 우범지역 인근이라 진돗개2 발령을 내렸다. 특히 스마트폰을 한 손에 쥐고 어슬렁거렸다간 순식간에 낚아챌 수 있다. 비상용으로 전에 쓰던 공 기계 하나 가져가지만, 사주경계를 해야 하는 지역이다.

골목길로 다니는 버스 정류장 표시판은 잘 봐야 한다. 손바닥만 한 크기에 벽에 딱 붙어있어 찾기 어렵다. 숙소 부근에서 64번 버스를 타고 약 30여 분 만에 도착했다. 물론 직전에 구글맵을 켜놓고 버스가 어디쯤 달리고 있는지 지켜보다가 다 왔을 즈음 내리니 딱 입구였다. 구글맵은 배낭여행자 노벨상을 줘도 아깝지 않다.

항구를 끼고 있는 까미니또(Caminito)는 탱고 발생지로 약 300m 정도의 골목을 중심으로 관광지가 형성되어 있다. 탱고는 이민자인 노동자들의 애환이 담긴 춤이고 또 그들이 배에 칠하고 남은 페인트로 알록달록하게 건물 외벽을 칠했다고 한다. 이 동네는 색칠해서 관광객을 끌어모으는 동네다. 세계적으로 살펴보면 그리스 산토리니가 동네 전체를 흰색으로 도배해서 떼돈 벌고 있고, 이탈리아 베네치아에 있는 부라노 섬도 알록달록 색칠했는데 관광객들이 너무 많이 몰려와 몸살을 앓고 있다고 한다.

버스에서 내려 까미니또 입구에 들어서면 잘 알고 있는 아르헨티나 축구 영웅인 마라도나와 에바 페론의 모형이 건물 외벽에서 관광객을 맞이한다. 이 건물이 까미니또이고 베란다에서 손을 흔드시는 분(마네킹)이 현재 교황 프란치스코다. 아마도 아르헨티나 출신이라 만들었나 보다. 주변 건물들이 이처럼 컬러풀하다. 사진 왼쪽 아래 빨간색 옷 입은 여자와 남자 한 쌍은 관광객이 아니고 관광객들에게 모자를 씌워주고 같이 사진 찍어준다. 물론 공짜는 아니다.

그리고 SNS 효과다. 한번 다녀간 관광객들이 사진 찍어 올리니 전 세계에서 사진 보고 너도나도 우르르 몰리는 것 같다, 골목에는 식당이며 기념품 가게들로 즐비하다. 식당 앞 공간에는 테이블이 놓여있고 그 앞 작은 공간에서 탱고를 맛보기로 보여준다. 손님들은 식사하면서 탱고를 즐길 수 있다.

국립미술관

인근 산마르틴 광장에서 버스를 타고 국립미술관을 찾았다. 시내버스를 타면 카드 접속 전에 목적지를 말해야 하는데(아마 거리에 따라 요금이 달라지는 듯) 그냥 찍으려니까 기사가 어디 가느냐고 묻는다. "뮤지엄"이라니까 못 알아듣는지 고개를 기웃거리더니 그냥 계산해준다. 암튼 구글 지도에 의존해 미술관 부근에 내렸는데 우측에 겁나 웅장한 건물이 눈에 딱 들어왔다. 어~ 미술관? 하면서 가까이 가보니 간판도 없고 흔한 미술 관련 플래카드도 없다. 미술관 맞아? 입구가 어디야? 그러면서 쇠라도 녹일듯한 햇살 속에 건물 한 바퀴를 돌았는데 문이란 문은 죄다 잠겨있었다. 그리스 신전처럼 생긴 기둥 사이에 여학생이 앉아 책을 보고 있어서 물어보니 여긴 부에노스아이레스 법학 대학교 건물이고 지금 여름방학이라 아무도 없다. 미술관은 길 건너 바로 보이는 건물 뒤쪽이란다.

구글 지도엔 분명히 여길 찍었는데 더위 먹었나 하고 구시렁대면서 길 건너가 보니 핑크핑크한 예쁜 건물에 미술관이 나타났다. 무료입장이 아니고 100페소(3천 원)다. 입구에 근사한 비너스 조각품이 서 있는데 진품일까? 아르헨티나는 한 번도 식민 지배를 해본 적이 없기에 살짝 의심이 들었다. 작품들이 많은 것은 아니나 아르헨티나를 비롯해 남미국가들 그리고 유명 화가들인 드가, 반고흐, 고갱, 고야, 마네, 모딜리아니, 피카소, 렘브란트, 루벤스 등 세기의 명작들을 만나 볼 수 있었다. 다만 그들의 한, 두 작품에 만족해야 했다. 이곳저곳 구경하고 있는데 발끝에서 뭔가가 느낌이 확 와서 내려다보니 200페소(6천 원) 지폐가 아닌가? 이게 웬 떡! 역시 행복을 주는 미술관이다. 미술관에서 10여분 걸어가면 부에노스아이레스 최대의 묘지인 레꼴레타가 있다.

공동묘지 레꼴레타

묘지는 국내서 흔히 보는 봉분이 아닌 집을 지어 그 안에 안치되어 있다. 전체는 그냥 흔히 볼 수 있는 동네처럼 보였다. 다수의 관광객이 레꼴레타를 찾는 이유는 바로 에바 페론이 여기에 있기 때문이다. 넓은 묘지에 에바의 묘는 다들 찾기가 어렵다던데 맵스미에 보면 에바의 묘 위치가 나타나 있어서 바로 찾았다.

에바 페론은 시골 목장주의 사생아로 태어났으나 부에노스아이레스로 가서 고생 끝에 유명한 배우가 되었고 페론 장군을 만나 대통령 부인까지 오르지만 34세의 나이에 암으로 사망하는 파란만장한 인생을 불꽃같이 살다가 갔다. 그녀의 입지적인 삶이 아르헨티나 국민 마음을 사로잡았으며 지금까지 사랑을 주고 있나 보다. 남의 묘에 인증샷 찍기는 좀 그렇지만 낯선 이방인 사랑도 받아주었으면 한다.

〈에바 패론 묘〉

Bien de Tango Show

Puerza Bruta(푸에르자 브루타) 공연을 저렴하게 보려고 할인 티켓을 찾았으나 실패하고 대신 탱고 쇼를 보기로 했다. 부에노스아이레스는 이탈리아, 스페인 등 유럽의 이주민들이 건설한 도시다. 고향을 등지고 이주해 온 사람들은 억척스럽게 노동했으며, 타향의 설움과 노동의 피로를 이겨내기 위해 춤을 추었다고 한다. 탱고 쇼는 뮤지컬 형식으로 당시 노동자들의 힘겨웠던 삶과 탱고의 발상 배경 등을 보여 준다. 쇼는 잠시도 눈을 뗄 수 없을 정도로 몰입도가 강하다. 스토리도 있지만 늘씬한 무희들의 격정적인 율동과 악단의 화려한 음악이 압권이다. 시내 길거리에서 맛보기로 봤던 탱고와는 차원이 다른 쇼였다. 약 1시간 남짓했는데 시간이 절로 갔다. 특히 여자 댄서의 현란한 다리 놀림은 신기에 가까웠다.

<오벨리스크 야경>

엘 아테네오 서점

오늘 Fuerza Bruta(푸에르자 브루타) 공연을 저렴하게 보기 위해 할인 티켓을 사려는데 아침부터 비바람이 몰아친다. 돈 몇천 원 아끼려고 비 오는데 나갈 수도 없고 그냥 정가에 보기로 하고 호스텔 조식을 먹으러 갔는데 한국인 여행자를 만났다. 나이는 한 30대 중반으로 보였고 멕시코, 쿠바 갔다가 콜롬비아에서 오는 길이라고 한다. 필자처럼 장기여행자인가 보다. 남미 여행이 요즘 젊은이들 사이에 부쩍 관심이 커졌다. 작년에 유럽 여행 중 만난 한국 청년들 애기 들어보면 찌질이처럼 아등바등 살기 싫단다. 인생은 딱 한 번 뿐인데 즐기며 살자는 주의다. 그래서 알바 몇 달 열나게 뛰다가 돈이 어느 정도 모이면 배낭여행 간단다. 주로 첫 여행지가 유럽이고 그다음이 남미라고 한다.

공연 보러 갈 준비해서 나갔다. 늘 먹는 뷔페식당에 들러 점심을 맛있게 먹고 버스를 타고 갈까 해서 평소 걷던 길로 쭉 올라갔다. 한 10여 분 걸었을까 느낌이 이상해서 구글 지도를 켜보니 반대 방향으로 가고 있었다. 이런 젠장 다시 왔던 길로 가는 중 공연장으로 가는 102번 버스가 왔다. 얼씨구 하며 올라탔다. 자리에 앉아 있는데 느낌이 또 이상해서 구글 지도를 보니 아~흑 반대 방향으로 가고 있었다. 오늘 왜 이래! 하고 자책하면서 버스에서 내렸다. 일단 나무 그늘에서 호흡을 가다듬고 구글 지도 말고 맵스미를 켰다. (구글 지도는 오프라인 상태에서는 교통수단을 지원하지 않지만 맵스미는 지원한다) 맵스미의 안내에 따라 지하철을 탔다. 다들 부에노스아이레스 지하철(숩떼) 타기가 쉽다고 하던데 타보니 헷갈려서 이리저리 헤매다가 겨우 탔다. 공연장은 어제 갔던 레꼴레타 공동묘지 부근이다.

먼저 빠삘라 성당을 찾아야 하고 그 옆으로 들어가야 푸에르자 브루타 공연장이 있다. 한눈에 봐도 여기가 아닐까 하는 곳으로 들어가니 마침 제복을 입은 안내원이 있어 물어봤다. 여기가 브루타 공연장 가는 길 맞느냐고 하니 스페인어로 뭐라 뭐라고 하는데 아무래도 아닌 것 같다. 만약 맞는다면 뭐 말이 필요하겠는가? 고개를 끄덕인다든지 손가락으로 가리키거나 할 건데 이상하다.

도대체 어디지? 이 부근이 분명히 맞는데 흔한 포스터도 안 보이고 어쩔 수 없다. 모르면 또 묻는 수밖에 그래서 주변을 쓰윽 둘러보니 카페에 일하는 젊은이가 눈에 들어왔다. 푸에르자 브루타 공연 장소가 어디냐고 물어보니 헉~ 공연을 안 한다나 역시 스페인 말이었지만 그 젊은이는 두 팔로 크로스하여 X자를 분명히 표시했다. 허망한 마음을 안고 바로 옆에 있는 빠삘라 성당으로 들어갔다. 물도 좀 마시고 더위도 피하고 일단 좀 쉬어야겠다. 성당 안 빈자리에 앉아있는데 아래위로 흰옷 입은 사제 한 분이 나오더니 미사를 보기 시작한다. 그렇다 미사 보는데 꾸벅꾸벅 졸거나 폰을 보는 것도 예의가 아닌지라 성당을 나왔다. 어디 가볼까 하다가

세상에서 가장 아름다운 서점이 딱 떠올랐다. 바로 엘 아테네오 서점이다. 구글맵을 켜보니 약 20여 분 거리에 있다. 지도를 보면서

슬슬 걸어갔다. 세상에서 가장 아름다운 서점은 물론 주관적인 평가지만 그래도 꼽으라면 포르투에 있는 렐루 서점과 여기 부에노스아이레스에 있는 엘 아테네오 서점일 것이다. 작년 포르투에 갔을 때 렐루 서점은 입장료가 있어서 그냥 껍데기만 봤는데 여기 엘 아테네오 서점은 입장료가 없다. 원래 서점 건물이 아니고 오페라 극장인데 서점으로 변했다. 중앙무대는 간단한 먹거리를 파는 카페가 되었고, 오페라를 가장 가까이 볼 수 있는 로열 좌석은 휴식 공간으로 변신했다. 아무래도 서점으로 사용하기는 아까운 곳이다.

카페 토르토니

카페 토르토니(Cafe Tortoni)는 숙소 주변에 있는데 항상 관광객들로 줄 서 있다. 부에노스아이레스에서 가장 오래된 카페에 앉아 여유롭게 커피를 한 잔 마시는 것은 이 도시를 방문하는 여행자들의 로망이다. 아인슈타인, 힐러리 클린턴도 방문했다는 소문까지 더해지면서 이 카페는 늘 손님들로 붐빈다. 아쉽게도 이 카페엔 가지 못했다. 이유는 줄을 서면서까지 가보고 싶지는 않았다.

03 부에노스아이레스 여행 후기

한 해를 보낸다는 건 무척 의미 있는 것이다. 지나오는 동안 잘, 잘못을 돌아보고 다가오는 새로운 해를 다짐해 보는 전환점이라고 옛날에는 그렇게 생각했었는데, 요즘은 가는 해 붙잡을 마음 손톱만큼도 없고, 오는 해 싫다고 말릴 이유도 없다.

2, 30대에는 뭔가를 남기고 싶어 했고,

4, 50대에는 해를 보낸다는 것이 좀 아쉽기도 했고,

60대가 넘어가니까 세월 가는 게 무덤덤해진다. 나만 그런가?

6박 7일을 지낸 지구의 반대편 부에노스아이레스에서 보내는 한 해가 마지막 날이라고 특별한 이유는 없다. 그냥 평소에 흘러가는 날 중에서 하루일 뿐이다. 첫인상은 바르셀로나 느낌의 스페인스런 건물들이 많았다. 바르셀로나처럼 오토바이는 거의 없는데 대부분 낡은 버스가 내뿜는 매연은 지독했다. 경제적 어려움이 곳곳에 널려 있다. 해가 지면 대로변 건물 주변에 매트리스나 이불을 펴놓고 자는 노숙자들이 많이 있다. 심지어 가족이 노숙하는 광경도 자주 보았다. 도심을 누비며 교통을 마비시키는 시위가 매일 일어나고 있다. 위험하지는 않지만 다니기가 불편했다.

새똥 테러

길 가는데 누군가가 묽은 액체를 뿌린다. 머리도 배낭도 온통 새똥 냄새로 범벅이다. 주변에 있던 아줌마가 다가와 친절하게도 휴지를 준다. 정신없이 닦는 사이에 가방이 없어지는 것이 새똥 테러인데 부에노스아이레스 시내는 없는 것 같다.

물가

물가는 뭘 안 사봐서 모르나 식대는 저렴한 편이다. 무게 달아 파는 뷔페식 식당이 유행인지 곳곳에 깔려있다. 한가득 퍼 담아도 약 150페소(4,500원)다. 교통비는 버스나 지하철이 7.5페소(225원)이고 버스 요금은 거리 비례로 산정되는데 탑승 시 기사에게 목적지를 말

하면 해당하는 요금이 결제된다.

환 전

국내에서 100달러를 112,000원 주고 환전해서 여기 암 환전상에게 주니 아르헨티나 3,920페소를 준다. 공식 환율로 따지면 3,920페소는 104달러이므로 환전해서 오히려 4달러를 벌었다. 그만큼 아르헨티나는 달러를 원하고 있다. 환전은 플로리다 거리에 가면 수도 없이 많은 사람이 "까미오, 까미오"를 외치며 환전을 원하는 고객을 부른다. 까미오는 환전(cambio)이란 뜻이다. 의사표시를 하면 환전상으로 데리러 간다. 뭐 별도의 사무실은 없고 길거리에서 바로 환전해준다. 환전상들 인상이 무섭게 생겼지만, 이 사람도 계속 장사해야 하므로 위조지폐나 돈을 속이는 일은 없다고 한다. 환전은 모집책과 환전상으로 역할이 분담되어 있으며 필자의 경우 아무래도 신경이 쓰여 여성 모집책에게 접근했다. 100달러라고 말하니 바로 계산기에 3,920을 찍어 보여준다. 3,920페소란 뜻이다. O.K하고 여자를 따라 몇 걸음 안 가서 남자 환전상을 만날 수 있었다. 아마도 여자는 환전상으로부터 얼마의 수당을 받는 것 같았다.

12월 31일 (월요일) 오전 10시 여섯 밤을 잤던 호스텔을 체크아웃하고 호스텔 휴게실에서 하릴없이 빈둥거리다가 쿠바 생각이 문득 들어서 항공권 검색에 들어갔다. 스카이스캐너에서 리마 ~ 쿠바로 가는 아바나행 비행기가 204달러로 뜬다. 여행 출발 전 국내에서 검색했을 땐 거의 40만 원 수준이었는데 왜 이리 반값일까 하면서 계속 넘어가 보니 여행사 연결이 나오고 이리저리 뭔가가 계속 붙더니만 28만 원까지 되어버렸다. 뭐 낚시도 아니고….

항공편을 보니 아비앙카다 아비앙카 공 홈에 들어가니 여긴 군더더기가 없이 딱 204달러다. 빈칸 쭉쭉 넣고 마지막 결재단계에서 화면이 넘어가지 않는다. 포기하고 아비앙카 앱을 깔았다. 마찬가지로 결재단계로 넘어가지 않는다. 호스텔 PC도 고장인지 전원도 안 들어온다. 엘 칼라파테에 가서 하든지 아니면 유심을 사서 끼워야 하나? 지금까지 유심 없이 잘 다녔는데.

오후 1시쯤 점심 먹으러 나갔다가 다시 돌아와 휴게실 의자에 앉아 오만가지 잡생각을 하다가 오후 4시쯤 배낭 메고 호스텔을 나왔다. 오벨리스크 건너 슈퍼에 가서 오늘 저녁 먹거리를 사 들고 '아에로빠르께'라는 말을 외우면서 공항으로 가는 45번 일반 버스를 기다렸다. 같은 45번 버스라도 공항으로 가는 버스와 공항 안가는 버스가 있다. 그래서 45번 버스가 오면 기사에게 '아에로빠르께'라고 물어보고 타야 한다.

'아에로빠르께!!!' = 공항

이번 루트는 남미 끝자락에 있는 파타고니아 지방의 엘 칼라파테로 간다. 여기서 모레노 빙하를 보고 엘찰텐으로 이동해 피츠로이를 본다. 지도 끝 무렵이 우수아이아라고 대륙의 끝 지점이다. 우수아이아는 사실 볼 게 그닥 없다. 과감히 제외하고 엘찰텐에서 버스로 산티아고까지 북상할 계획이다.

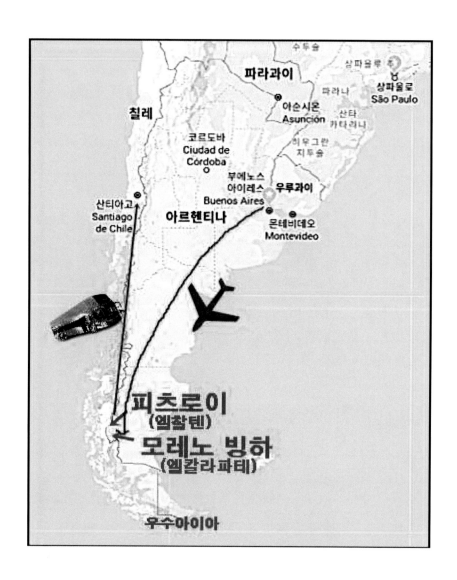

호르헤 뉴베리 공항

이름도 예쁜 공항이다. 부에노스아이레스에는 공항이 두 군데 있다. EZE 공항은 인천공항처럼 외곽에 있고, AEP(호르헤 뉴베리) 공항은 김포공항처럼 시내에 있다. 오벨리스크 부근에서 시내버스 타면 20여 분 걸릴 정도로 가깝다. 공항에 도착하자마자 유심 가게를 찾았다. 아무래도 파타고니아 지방은 와이파이가 약해서 유심이 필요하다. 유심 상점에 가니 직원이 오늘 통신이 셧다운돼서 유심을 안 판단다. 통신이 셧다운되면 비행기는 어떻게 가나? 라고 따지려다. 안 판다는데 뭘 어쩔 도리가 없다. 엘 칼라파테 공항에서 사야겠다. 실은 부에노스아이레스 시내에 클라라 유심을 사러 갔는데 유심을 사서 통신연결까지 원스톱이 아니다. 유심은 자기네가 안 팔고 약국에 가서 사 오면 여기서 충전해서 통신 연결해준다나 아니 유심이 뭐 소화제도 아니고 약국에 가라고? 그리고 직원들은 대체로 불친절했다. 다행히 숙소 호스텔에 와이파이가 빵빵해서 유심을 안 사고 버텼는데 또 예쁜 이름을 가진 호르헤 뉴베리 공항에 와이파이도 된다고 하니 좀 더 두고 보기로 했다.

여기 호르헤 뉴베리 공항에서 하룻밤 노숙해야 한다. 새해 첫 아침 1월 1일 06시 55분 엘 칼라파테로 가는 비행기를 타기 위해서다. 아침 6시 55분 비행기를 타기 위해선 최소 새벽 4시쯤은 일어나야 한다. 새벽에 잠에서 깨어나 배낭을 메고 버스를 탈 상상을 하니 차라리 공항에 노숙하고 느긋하게 비행기 타는 게 속이 편하겠다는 생각이 들었다. 이번 여행에 벌써 2번째 공항 노숙이다. 노숙도 장비만 잘 갖추면 별 불편함이 없다. 필자처럼 초경량 배낭(25리터)을 지고 오면 불편하지만, 에어백과 침낭을 챙긴 중무장한 배낭족들은 노숙이 그리 불편한 것은 아니다. 하여튼 송년과 새해를 부에노스아이레스 호르헤 뉴베리 공항에서 보냈다.

하룻밤 편히 누울 곳이 있는지 살펴보니 안쪽 탑승 구역에 팔걸이 없는 의자가 있다. 일단 체크인해서 안쪽으로 들어가기로 했다. Aerolineas 항공사 카운터에 가려다가 자동발매기가 눈에 보여서 해보기로 했다. 결과는 약 10초 걸렸나 엄청 쉽다. 영어버전으로 바꾸고 예약 코드 6자리를 치면 이름과 행선지가 뜬다. 그 아래 좌석 선택하는 것을 클릭해서 좌석 선택하고 프린트 클릭하면 드르륵~ 드르륵~ 하더니 보딩패스가 툭 튀어나왔다. 티켓을 들고 domestic 라인을 따라 들어가서 보안검사 받고 쭉 들어가니 활주로가 보이고 팔걸이 없는 의자가 수두룩했다. 브라질 상파울루보다 노숙 환경이 훨씬 좋다. 마트에서 산 비스킷이랑 토마토 주스 마시고 누웠다.

창밖에는 활주로에 비행기들이 여기저기 보이고 저 너머 도심 빌딩 사이로 올해 마지막 해가 꼴깍 넘어가는데 붉은 노을이 아쉬운 듯이 하늘을 뒤덮고 가는 해를 보내고 있다. 노을 진 공항 풍경을 물끄러미 보고 있으면 어디론가 떠나고 싶지 않은가? 나는 이런 낯선 곳이 낯설지 않아서 좋다.

편안하게 누워있는데 보안요원들이 왔다. 이곳은 새벽 2시까지 폐쇄된다고 일반 구역으로 나가란다. 이런 젠장 다시 팔걸이가 있는 구역으로 나왔다 비행기 출발이 6시 55분이니 뭐 어쨌든 잠시 눈을 감아야 한다. 어찌어찌 팔걸이가 있는 의자에 몸을 구겨 넣고 자는데 한기가 올라 으슬으슬했다. 주변을 둘러보니 벽면에 콘센트가 보였다. 벽 쪽에 바싹 붙어 전기 매트를 깔고 누워보니 따뜻해서 한결 잠자기 편했다. 주위가 소란스러워지는 거 보니 다시 승객들이 몰려오는가보다 주섬주섬 배낭 챙겨 메고 다시 보안 검색 후 15번 게이트에 대기했다.

15분 출발 지연 방송이 나온다. 뭐 밤샘 대기도 했는데 15분쯤이야 아무것도 아니다. 탑승구에서 좌석이 바뀌었다고 티켓을 바꿔준다. 5C에서 3C로 뭐 그런가 하고 비행기를 타니 아니 비즈니스석으로 좌석이 업그레이드 되었다. ㅋ 웬 횡재냐 그러면 기내식도 업그레이드 될까? 기대 만발이다. 파타고니아 엘 칼라파테로 가는 아르헨티나 항공기는 대형도 중형도 아닌 소형 비행기다. 좌우 2×2이고 비즈니스 좌석은 2×1이다. 비행 2시간 정도 지나서 비행기 바퀴가 툭 하고 열리는 듯하더니 갑자기 하강하여 어느 공항에 착륙했다. 티켓팅할 때는 이런 정보가 없었는데 중간에 들렀다가 가는 듯하다. 몇몇 승객들이 내리고 기내식은 안주고. 청소원들이 들어와서 정리정돈을 한다. 비행기 열린 문을 통해 파타고니아의 찬바람이 들어온다. 춥다. 다시 새로운 승객들을 몇명 태우고 이륙했다. 파타고니아의 하늘은 눈부시게 파랗다. 기내식의 따가운 시선을 느꼈는지 땅콩과 따뜻한 커피 한잔이 나왔다.

04 엘 칼라파테 (모레노 빙하)

약 4시간 30분 비행해서 엘 칼라파테 공항에 도착했다. 공항에서 마을까지는 버스는 없고 택시나 셔틀버스를 타야 한다. 셔틀버스표를 사기 위해 창구에 줄을 섰다. 줄은 배배 꼬여서 시간은 하염없이 가고 배도 고프고 신경질도 나고 해서 걸어 가볼까 하고 구글 지도를 검색하니 4시간 걸린다고 나온다. 뭐 별수 있나 파타고니아 찬바람 맞는 거보다 줄 서서 셔틀버스 타고 가기로 했다. 요금은 300페소 한국 돈으로 9,000원이다. 아니 30분 정도 가는 거리고, 혼자도 아니고 합승하면서 완전 바가지다. 비싼 값을 하려는지 일일이 숙소 앞까지 데려다 준다. (Folk hostel 2박 30달러)

페리토 모레노 빙하(Perito Moreno Glacier)

　모레노 빙하로 가는 버스는 이내 만석이 되고 정시에 출발했다. 창밖으로 그림 같은 호수가 펼쳐졌는데 산이란 산은 나무 한 그루 없는 민둥산이다. 저 멀리 보이는 산꼭대기는 눈에 덮여 있고 광활한 초원에는 소들이 이리저리 다니면서 풀을 뜯어 먹고 있다. 출발 40여 분에 국립공원 입구에 정차했다. 잠시 후 젊은 여자 직원이 버스에 올라왔다.

　"어디서 왔니?"
　"당일치기냐? only one day?"
　"그럼 700페소 내놔!"

　어휴~ 무슨 입장료가 700페소냐 한국 돈으로 21,000원이다. 버스비랑 전부 1,500페소(45,000원)다. 올 초에 검색해보니 500페소인데 그 사이 200페소나 올랐다. 계속 오르고 또 오른다. 잠시 후 종점인 휴게소 앞에 정차했다. 여기서 휴게소 등지고 왼쪽 길로 내려가면 빙하 코스가 시작된다. 8시 30분에 출발해서 10시 20분에 도착했고 타고 온 버스가 다시 오는 시간은 14시 30분이다. 약 4시간 정도 구경할 시간이 주어졌다. 코스는 3가지고 각각 소요 시간이 안내된 표지판을 한번 보고 출발했다. 왼쪽 길로 쭉쭉 걸어가니 빙하가 코앞에 나타났다. 철재로 만든 길이 아래, 위로 만들어져 빙하를 가까이 또는 멀리서도 볼 수 있도록 했다. 천천히 다니면서 구경했는데 약 2시간 걸렸고 휴게소에서 2시간 정도 쉬었다가 오전에 타고 온 버스가 와서 타고 호스텔로 돌아 왔다. 출발 때 탄 버스를 타야 해서 버스 사진을 미리 찍어 두면 편하다.

블루 사파이어를 본 적이 있을까?

이 보석을 햇빛에 비춰보면 청아한 푸르름의 태곳적 신비함을 품고 있음을 느낄 수 있다. 빙하는 수억만 년의 오랜 세월에 걸쳐 조금씩 푸른빛에 달구어져 블루 사파이어처럼 제각기 달라 보이는 파란색을 품고 있다. 저 멀리 언뜻언뜻 보이는 크레바스 안쪽에서 새파란 불꽃 같은 영롱한 색감을 뿜어내고 있다. 처음으로 눈에 들어오는 색깔이다. 한 번도 본 적 없는 시리고 눈부셨다. 괴기스러운 광선검처럼 번쩍거리며 인간이 감히 범접하지도 못할 신비한 포스를 하고 있다.

바라보고 있으니 눈이 파랗게 물들어 버렸다. 어느새 빙하의 마력이 온몸을 꽁꽁 얼려서 한동안 꼼짝 못 하게 한다. 이대로 푸른 빙하 속에 갇혀 몇 번의 윤회를 거듭하면서 기억하고 싶지 않은 것들은 크레바스 속에 숨겨두고 다시 태어나고 싶다. 빙하 조각들이 우르릉 쾅~하고 천둥을 치듯 굉음을 내며 떨어져 나온다. 살아있음을 스스로 증명한다. 이 완벽한 아름다움을 두고 돌아서야 하는 아쉬움을 빙하는 알고 있을까?

아이젠을 신고 빙하 위를 걸어보며 크레바스도 들여다보고 트레킹 끝나면 빙하 얼음 조각을 넣은 위스키 한 잔씩 맛본다는 빙하 트레킹 투어가 있는데 아쉽게도 60세 이상은 위험해서 금지란다. 투어 비가 20만 원이라 비싸서 오라고 해도 못 갈 형편이다. 모레노 빙하를 보는 것만으로도 일생의 추억이 될 것이다. 빙하는 수억 년의 시간 동안 겹겹이 쌓여 있고 지금도 자라고 있다.

휴게소 식당 이용은 무료다. 화장실도 있고 간단한 먹거리(빵, 컵 과일, 피자 등등)와 빙하 조각이라고 선전하는 정체불명의 얼음조각을 넣은 위스키도 판다. 글쎄 몇백만 년 전의 얼음인지 몇 시간 얼린 냉동고 얼음인지는 아무도 모른다. 쥔장만 알뿐이다.

05 엘 찰텐 (피츠로이 트레킹)

1월 4일 (금요일) 날씨는 구름 한 점 없는 파란 하늘을 보여준다. 아침에 호스텔 창문을 통해 밖을 보니 날씨가 아주 좋다 피츠로이 봉우리가 구름옷도 안 입고 그냥 맨몸 그대로 보여준다. 자~ 이제 피츠로이를 향해 출발해 보자. 오전 8시 10분 터미널에서 출발해서 동네를 쭉 관통해 올라간다. 동네가 좁아서 20분 정도 걸어가니 피츠로이 출발점이 나타났다.

 피츠로이 등산에 대한 난이도는 극한이다. 안내판을 보니 바늘이 extremc에 있다. 처음은 계속 얕은 오르막으로 올라간다. 9시 30분 출발 1시간 지나서 휴식했다. 하늘은 맑고 청명한데 날파리들이 달라붙는다. 사이즈도 약 2cm나 되는 징글징글한 놈들이 겁도 없이 덤빈다. 손으로 휘저어 쫓아내도 막무가내다. 그래도 기분은 좋다.

왜냐하면 이번 루트에서 날씨 덕은 톡톡히 보고 있다. 이과수 폭포나 모레노 빙하 등은 날씨가 중요한데 오늘 엘찰텐 하늘은 맑다 못해 파랗게 시린 하늘이다. 바람도 거의 없다. 그냥 포근하고 고요하다. 10km 중 이제 겨우 1km 왔다. 10분 휴식 후 출발하니 곧 갈림길이 나오고 이후는 평탄한 숲길이다. 어디선가 로빈후드가 튀어나올 듯한 숲 분위기다. 괴목들이 쭉 늘어져 있고 말라비틀어진 죽은 나무들이 어지럽게 흩어져 있다.

표지판을 보니 왼쪽 길로 가면 카프리 호수가 나오고 오른쪽 길이 피츠로이 토레 호수 방향이다. 어느 방향으로 가나 피츠로이 토레 호수 쪽으로 길이 합쳐진다. 그러나 중간 경유지가 왼쪽 길은 카프리 호수를 거쳐 가고 오른쪽은 전망대를 거쳐 간다. 전망대에서는 피츠로이 봉우리가 바로 눈앞에 있다. 여기까지만 오는 사람들도 꽤 있다. 워낙 험난한 루트인데 젊은 남자 기준으로 왕복 8시간 소요되니 체력 또는 일정상 완주하기 힘든 부분도 있다. 전망대부터는 가는 길목마다 피츠로이 봉우리가 나타났다 사라지곤 한다. 10km 중 8km를 돌파해서 11시 30분 야영장에 도착했다. 점심으로 바나나 한 개랑 사과 한 알 먹었다. 대부분이 여기서 야영하고 다음 날 피츠로이 일출에 도전한다. 하지만 갈 길이 바쁜 나는 그대로 전진이다. 저 무시무시한 돌산을 넘어야 한다.

야영장에서 20여 분 쉬었다가 11시 50분 피츠로이 본격적인 등반이 시작되었다. 여기서부터는 거의 수직 코스로 길도 전부 돌길이다. 경험자들 사이에 죽음의 길이라고 한다. 역시 피츠로이는 쉽게 보여주지 않았다. 왼쪽 무릎이 이상 신호를 보낸다. 물파스 잔뜩 발랐다. 앞에 보이는 큰 산을 보니 사람들이 개미처럼 작게 보이면서 올라간다. 필자도 아무 생각 없이 기계적으로 올라간다. 급경사는 두 손으로 바윗덩어리들을 잡고 올라간다. 한참을 올라가다가 이런 급경사는 내려갈 때 어떻게 내려가지 하며 걱정돼서 돌아보니 까마득하다. 거의 절벽 수준이다.

정상을 향해 올라온 지 1시간 20분 지났다. 쳐다보니 끝 모를 돌길만 보이고 뒤돌아보니 내려갈 일이 걱정이다. 그런데 지금 올라가는 이 산만 넘으면 될 줄 알았다. 헉헉거리며 겨우 올라가니 어휴~ 산 넘어 산이다. 내려오는 사람들이 힘내라고 거의 다 왔다고 한다. 어렵사리 1시 50분에 도착했다. 동네에서 거의 6시간이나 걸렸다.

딱 보는 순간 이런 광경은 뭐라고 표현해야 적절한지 모르겠다. 호수 색은 파란 물감을 풀어 놓은 것 같고, 피츠로이는 한껏 뽐내며 눈앞에 딱 버티고 있다. 구름 한 점 없는 파란 하늘에 피츠로이를 보는 것은 어지간해서는 쉽지 않다고 하는데 장엄한 자태를 보여주고 있다. 행운이다. 사람들이 이 맛에 개고생하면서 올라오는구나 싶다. 피츠로이Fitz Roy는 만년설에 뒤덮인 산이며 빙하의 녹은 물이 흘러 호수를 이루고 있다.

젊은이들은 평균 4시간 걸린다는데 68세의 나이에는 매우 힘든 코스다. 바윗돌에 걸쳐 앉아 간식도 먹고 절경을 두 눈에 담았다. 이제 내려가는 길이 바쁘다. 한 10여 분 쉬었나? 바로 출발이다. 더 머물고 싶었으나 걸음이 시원찮아 일찍 서둘려야 했다. 내려가는 길은 올라가는 것보다 더 힘들었다. 무릎 양쪽이 욱신거려서 물파스로 떡칠했고 너무 가파른 돌산이라 양손 양발 써가며 최 난코스를 엉금엉금 돌파했다. 정상에서 2시에 출발했는데 우여곡절 끝에 4시 10분에 야영장에 도착했다. 숙소까지는 3시간 넘게 또 가야 한다. 오후 6시 아직도 내려가고 있다. 이곳 파타고니아 지역은 밤 9시 돼야 어둑어둑해지므로 큰 걱정은 없는데 내려가도 가도 끝도 없다. 오늘 중으로 도착할지 모르겠다. 7시쯤 되어서야 마을이 보이기 시작했다. 가까스로 숙소에 도착하니 8시다. 샤워하고 바지 빨고 저녁으로 아르헨티나 소고기와 채소를 넣은 빵과 바나나 한 송이로 먹었다. 총 12시간 산행했다. 내일은 24시간 버스를 타고 바릴로체로 간다. 힘든 하루였고 피츠로이를 보여준 내 몸과 정신력에 감사한다.

 # 피츠로이 트레킹할 때 주의 사항

● 날씨가 맑은 날에 가야 한다. 흐린 날은 피츠로이 봉우리도 안 보이고 개고생만 한다. (안내소에 물어보면 기상청보다 더 정확하다. 그들을 신뢰해야 한다.)

● 호스텔있는 스틱을 빌려서 가면 훨씬 수월하다.

● 생수를 충분히 준비한다. 개울물을 마셔도 된다고 하는데 검증된 것은 아니다. 간식도 준비한다.

● 피츠로이를 보려면 만 하루가 필요하다. 시간이 부족하면 전망대까지만 갔다 와도 충분하다. (마을에서 왕복 2시간 정도)

● 산행은 전반적으로 표지판이 잘 설치되어 있지만 아차 순간에 헷갈려서 몇 시간 헤매는 일이 다반사다. 어디로 가나? 할 때는 상식적인 판단을 하고 대체로 직진하면 된다.

● 길은 흙길로 앞서가는 사람의 발자국에서 흙먼지가 발생한다. 뒤따라가면 덮어쓴다. 일정 간격을 유지해서 가야 한다.

● 일명 불타는 고구마는 동네에서도 보인다. 새벽녘에 숙덕이는 소리에 깨서 보니 다들 창문을 통해 불타는 피츠로이를 보고 있었다.

엘 찰텐 후기

아침부터 강풍이 몰아치고 하늘이 어두워졌다. 밖에 나가보니 몸이 휘청거릴 정도로 바람이 세다. 어제와는 완전히 다르다 행인들도 어제는 반소매를 입었는데 오늘은 두툼한 겨울옷을 입고 다닌다. 파타고니아 지방은 안데스산맥을 끼고 있어 날씨가 변화무쌍하므로 계절별 옷이 필요하다. 이 동네는 오로지 피츠로이로 먹고 살기 때문에 여름이 한 철 장사다 보니 물가가 꽤 비싸다. 생각 없이 저지르다 보면 호주머니 털리기가 십상이다. 외인들 보니 주로 정육점에서 고기 사서 구워 와인이랑 먹는다. 동네에서 가장 장사가 잘되는 업종은 세탁소다. 피츠로이 가는 길이 전부 흙길이라 다녀오면 바지는 물론 옷이 먼지투성이고 엉망이다. 그래서 대부분 세탁소 신세를 지는 같다. 세탁소 규모도 생각보다 크다.

06 바릴로체

 # 엘 찰텐에서 바릴로체 가는 길 버스로 27시간 이동

점심을 소고기 패티가 든 햄버거를 먹어서 그런지 저녁은 별생각이 없는데 그래도 배 속을 채워야겠다고 해서 바나나 한 개랑 비스킷 과자 서너 조각으로 때웠다. 장거리 버스는 차내식은 나오겠지 티켓 값도 10만 원 넘게 줬는데 기대 만발이다. 바릴로체로 가는 버스는 이층 버스로 크고 멋진 버스다. 티켓팅할 때 직원이 좋은 좌석을 준다더니 2층 가장 앞자리다. 비행기로 말하면 탑승구 옆자리다. 다리를 쭉 뻗을 수 있는 공간과 탁 트인 전망. 여행객들이 가장 선호하는 좌석이다. 앉아 보니 전망이 끝내준다. 24시간 타고 가야 하는데 좌석이 뒤쪽이라면 생각만 해도 아찔하다. 9시 50분 출발인데 짐 싣고 뭐 한다고 10시 20분 돼서야 출발한다. 바릴로체로 바로 가는 것이 아니고 여러 군데나 거쳐서 간다. 도착은 내일 6일 밤 10시다. 가면서 무슨 생각을 하고 갈까?

버스는 출발하자마자 도시락을 나눠준다. 차내식이다. 고기가 들어있는 빵과 카스테라랑 과자 한 봉지 그리고 물 한 컵이 들어있다. 도시락이 좀 허름했지만 없는 것보다 백번 좋다. 말끔히 비우고 나니 어느새 11시 넘었다. TV도 꺼지고 버스 실내등도 꺼져서 어둠이 되었다.

버스는 새벽을 깨우면서 달리고 있다.

날이 밝았다. 신호등도 없고 표지판도 아무것도 없는 넓은 초원 사이 외길 일직선으로 쭉 뻗은 도로를 끝도 없이 달린다. 아침 눈뜨고 처음으로 마주치는 차를 봤다. 그것도 같은 회사 소속 버스가 가까이 오자 헤드라이트로 사인을 보내고 기사가 손을 흔들고 지나간다. 그러고는 또 차가 없다 망망대해에 외롭게 항해하는 배 한 척처럼 이럴 때는 존 덴버의 take me home country roads 쯤은 들어야 제격인데 김연자의 황포돛대를 듣고 있다. 즐겨듣는 뽕짝이다. 예전에 좋아했던 록 음악이나 팝은 되도록 안 들으려고 한다. 들으면 옛날 생각들이 주마등처럼 떠오르기 때문이다. 젊은 날들을 생각하면 세월의 무상함에 가슴이 찡하고 다시 그 시절로 돌아갈 수 없는 서글픔이 진하게 베여있어 싫다. 팝은 고등학교 3학년 때부터 대학 1학년 마치고 군에 입대한다고 한 학기 놀 때까지 집중적으로 들었으니 아마도 그 당시 2~3년이 내 인생에서 가장 위태위태했던 시기였고 동시에 최대의 황금기가 아니었을까 한다.

가끔 돌이켜보면 이유 없는 반항과 건드리면 터질 것 같은 젊음의 물풍선 같은 에너지가 넘쳤고, 새가 알을 깨고 나와 새로운 세상을 맞이하듯이 철부지 어린애에서 어른이 되기 위한 몸부림을 쳤던 그 시절이 아니었던가 지금처럼 풍요롭지는 않았지만 가끔은 막걸리에 건더기가 별로 없는 동태찌개를 먹으면서 둥지를 떠나 세상 넓은 천지로 날갯짓해야 하는 새끼 새처럼 앞날에 대한 막연한 두려움과 미래에 대한 기대감 등이 어우러진 묘한 시기였다. 그런 것들을 진정시켜주고 때론 용기를 북돋아 준 게 록 음악이었다. 당시 즐겨 듣던 록 음악에는 내 젊음의 노트들이 덕지덕지 묻어있었다. 폰 저장소에는 그런 때 묻고 빛바랜 음악들이 잔뜩 잠자고 있다. 그런 그들을 지금은 깨울 생각은 없다. 육신이 다해서 얼마 남지 않는 생을 앞두고 있을 때 들으려고 아껴두고 있다. 지구 반대편 멀고 먼 남미 광활한 벌판 한가운데 외줄기 도로를 타고 달리는 버스에서 트로트(trot)가 아닌 어디선가 존 덴버의 기타 소리가 들려올 것만 같은데 들려야만 어울릴 듯한데...

잠시 후 페리토 모레노 휴게소에 정차했고 빵, 샌드위치 등을 팔고 있다. 오토바이 라이딩 족들이 휴게소로 들어왔다. 다들 멋진 복장을 하고 있어서 할리 데이비슨을 구경해 볼까 하고 다가가니 할리는 없고 그냥 일반적으로 흔히 볼 수 있는 오토바이들이다. 그래도 멋있다. 오토바이 핸들이 머리 위로 올라 있는 할리를 모는 것이 꿈이였는데,,, 포스가 남달리 풍기는 여자 라이더 모두 완벽한 복장이다. 폼난다! 부럽다. 그들 틈에 끼이고 싶다.

부릉, 부릉, 부르릉~ 부우우우웅~

24시간 버스를 타고 이동하는 것은 만만치가 않다. 그나마 뷰가 좋고 발을 편히 뻗을 수 있는 앞좌석이라 다행이다. 나무 한 그루 없는 민둥산에 집도 건물도 동물도 보이지 않는 황무지가 끝없이 엘 찰텐에서 바릴로체로 가는 24시간 내내 펼쳐지고 있다. 아르헨티나는 땅덩어리는 크지만, 쓸모 있는 땅은 그렇게 많아 보이지 않았다.

돌발사태 발생

버스는 21시 40분에 바릴로체 도착 예정인데 꾸물대더니 3시간이나 지연돼서 밤 12시 20분경에 도착했다. 서둘러 내려서 택시라도 있나 살펴보니 버스터미널에는 불이 다 꺼지고, 적막강산이다. 같이 내린 승객들은 마중 나온 사람들의 차를 타고 가버리고 혼자 덩그러니 남았다. 큰 도로로 나왔지만, 택시는 아예 없고 오가는 차량마저 없다. 난감한 일이 발생했다. 어쩔 수 없다.

일단 맵스미를 켜서 예약한 호스텔을 찾아 나섰다. 길 가는 사람들도 없고 상점 불빛조차 별로 없는 길이다. 약 30분 정도 걸어가니 호스텔이 보였다. 늦은 시간인데 괜찮을지 걱정하면서 여기 아니면 또 어디를 찾아 나서겠느냐는 절박한 심정으로 문을 두드렸다. 아니면 길거리 노숙도 감당해야 한다. 안쪽에서 불이 켜지고 반응이 나왔다. 여러 사람이 보였다. 숙박 예약자니 문 좀 열어달라고 하니 여기 호스트가 지금 없고 자기들은 손님들이라 문을 열 수가 없단다. 이런 제길. 어디서 왔냐고 해서 엘 찰텐에서 왔는데 버스가 늦게 도착하는 바람에 이렇게 되었다고 하며 대문 유리창을 가운데 두고 호기심과 도움을 주려는 자와, 잘 곳을 찾는 절박한 자가 대화하기 시작했다. 어디선가 젊은 남자가 나타나서 자기도 손님이라 문 못 열어주고

지금 이 시각에도 영업하는 호스텔이 있는데 여기서 가까우니 찾아
가 보라고 하며 'HOPA' 호스텔을 알려준다. 바로 구글 지도로 검색
해보니 약 10여 분 거리에 있다. 고맙다고 인사하니 그 사람들이 행
운을 빈다고 다들 한마디씩 한다. 진짜 고마운 사람들이다. 그렇게 찾
아가니 리셉션에서 반갑게 맞아준다. 대충 씻고 침대에 누우니 새벽
2시가 넘었다. 힘든 하루였다. 뭐 이런 일도 없다면 무슨 재미로 배
낭여행을 다니겠나. 혹시나 해서 MARGA 버스 검색해보니 연착을 밥
먹듯이 하는 버스회사다. 그래도 기록은 하나 남겼다. 버스를 27시간
타봤다.

HOPA 호스텔

아차 하는 순간에 길바닥에서 잘 뻔했
던 긴박한 순간을 모면하고 하룻밤을 보낸
HOPA 호스텔. 실내는 좀 그렇더니만 외
관은 멋지다. 알고 보니 호스텔 리셉션이
24시간 상주한다. 아침에 눈 떠보니 6인
여성 전용 도미에서 잤다. 여기 침대가
하나 비어있고 불쌍해 보이는 동양인이

잘 곳 없어 헤매는 꼴을 볼 수 없었던 주인장 배려였나 보다. 시설과
편의는 둘째치고 노숙을 면하게 해주어서 하룻밤 더 신청하니 풀 부
킹이라 안 된다고 한다. 그래서 급 검색해서 호스텔을 옮겼다.

길 가다가 알록달록한 광장이 보여서 갔다. 광장에는 사람들로 붐
볐고 광장 벤치에는 몇몇 관광객들이 모여서 구경하고 있는데 궁금해
서 가보니 큰 개 한 마리를 사람들이 쓰다듬고 있었다. 자세히 보니

안내견 종류가 아닌가 생각 든다. 부근엔 또 다른 개가 누워있는데 관광객처럼 보이는 여자가 오더니 개를 떡 주무르듯 만지고 있다. 그러자 사진 액자를 손에 든 여자가 주위에 몰려든 관광객들에게 개를 만져보라고 권하고 있다. 액자를 든 여자는 개 주인인데 개랑 사진을 같이 찍어주면서 돈을 받는 장사꾼이었다. 개 주인이 여자한테 개랑 사진을 찍어보라고 하니 개를 주물럭거렸던 여자가 좀 난처한 표정을 짓고 있었다. 여기 광장에는 개장사(?)가 여럿이 모여 있다.

바다 같은 호수를 품은 바릴로체는 예쁜 도시지만, 기억엔 하룻밤 잘 곳을 찾아 헤매었던 도시였다. 오늘 바릴로체를 떠나 칠레 오소르노에서 산티아고로 가는 버스를 환승해야 한다. 약 15시간 버스 이동인데 이 정도 시간은 아무것도 아닌 게 되어버렸다.

바릴로체에서 산티아고로 버스 이동과 칠레 입국심사

1월 8일 (화요일) 바릴로체는 맑으나 바람이 많이 불어서 춥다. 남미 여행이란 차를 타고 이동하다가 끝나는 것 같다. 엊그제 엘 찰텐에서 1박 2일 버스를 타고 이동했는데 오늘 또 버스로 이동이다. 아르헨티나 바릴로체에서 칠레 산티아고까지 한 번에 가는 버스는 있는데 전부 semi cama(우등버스)다. 살롱 까마(침대형 버스)를 타고 싶어서 찾고 보니 오소르노에서 갈아타야 한다. 티켓 예매는 recorrido.cl 앱을 깔아서 구매했다. 바릴로체~오소르노 버스는 Andesmar이고 티켓은 QR코드로 폰에 저장되어 있어 탑승 때 보여주면 된다. 안데스마 버스는 첨 타 본다. 오소르노 ~ 산티아고 버스는 Pullman이다.

이 버스는 QR 코드는 없고 프린트를 원한다. 난감하다 어디서 프린트하지? 바릴로체 시내에 프린트로 검색해보니 없다. 그러다 문득 호스텔 리셉션이 떠올라 내려가서 여차저차 설명하니 자기한테 그 내용을 메일로 보내주면 인쇄해 준단다. '그라시아스'를 여러 번 하고 버스티켓 프린트물을 챙겼다. Pullman 버스도 처음 타본다. 간밤에 전기장판을 깔고 자서 그런지 한결 몸이 가볍다. 아르헨티나 페소가 약 1,000페소(30,000원)나 남아서 다 쓰고 가야 한다. 쇼핑몰 들러 구경도 하고 생필품을 사야겠다.

Cambio(환전소)에 들러 아르헨티나 500페소를 주니 칠레 8,600페소(14,000원) 준다. 남은 아르헨티나 페소로 마트에 가서 햄샌드위치랑 과일, 치약, 칫솔 사는데 485페소 주었다. 15페소 남았다. 마트에서 이것저것 사고 나와서 시계를 보니 12시가 지나고 있다. SUBE(교통카드)도 있고 해서 32번 버스를 타려다가 구경도 할 겸 슬슬 걸어왔다. 터미널까지 40여 분 걸렸다. 터미널에 와서 햄샌드위치와 과일을 먹고 좀 쉬고 있으니 안데스마 버스가 들어왔다. Andesmar 버스는 오소르노와 테무코를 거쳐 산티아고까지 간다. 14시 출발이다. 폰에 캡쳐한 QR 코드와 여권을 주니 이리저리 보더니만 통과해서 버스에 올랐다. 까만 가죽시트가 반긴다. 좌석에 앉아 살펴보니 폰 충전기가 머리 위쪽에 붙어있다. 와이파이도 연결된다. 그런데 초장에 되다가 연결이 끊어졌다 충전기만 해도 고맙다.

　4시쯤 도시락이 하나씩 배달되었다. 쿠키 과자랑 음료수를 먹고 나니 아르헨티나 국경 검문소에 도착했다. 많은 차량과 사람들이 모여 있고 출국심사가 오래 걸리는 듯하다.

국경 통과
　승객들은 전부 버스에서 내려 출국심사를 받는다. 여권을 주니 별말없이 도장을 찍어준다. 심사받은 승객들은 버스에 바로 탑승하지 못하고 약 1시간 동안이나 버스 옆 도로에서 대기를 해야 했다.

이유는 알 수 없다. 비가 흩뿌리고 추운 날씨라 승객들 다들 표정이 안 좋다. 잠시 후 버스에 실린 짐을 전부 내려 마약견이 와서 킁킁대더니 통과다. 다시 짐이 실리고 승객들도 버스에 타고 또 그렇게 대기 시간이 흘렀다.

산티아고로 가는 버스가 오소르노에서 23시 45분 도착이라 시간 여유가 있지만 버스를 놓치는 경우를 대비해서 오소르노 버스 터미널과 가까운 호스텔을 알아두었다, 제시간에 출발하고 도착하기를 바랄 뿐이다. 17시 40분 버스 직원이 올라와서 스페인어로 뭐라고 한참 설명하고 나갔다. 뭔가가 잘못되어 가고 있는 것 같다. 늦게 온 다른 버스는 벌써 출발했고 필자가 탄 안데스마 버스만 잡혀있었다. 만약 오소르노에서 산티아고行 버스를 놓치면 버스티켓 날아가고 오소르노 숙박비를 추가해야 하고 도착 일정에 맞춘 산티아고 숙박비가 하루 날아간다. 약 7만 원 정도 손해를 보게 되어 있다. 17시 50분 드디어 버스가 움직이기 시작했다. 그런데 칠레 입국 심사장이 어딘지는 모르지만, 버스는 국경 넘어 30분째 달리고 있다. 칠레 입국심사 없어졌나? 라고 생각 들 때 버스는 정차했다 18시 30분

이번에는 칠레 입국심사다. 입국신고서는 버스 직원이 일괄적으로 걷어갔고 승객들은 소지품 전부를 들고 내렸다. 소지품은 나란히 놓였고 버스에 실린 짐도 전부 꺼내서 검색대 위에 올려놓았다. 잘생긴 개 한 마리가 짐 사이로 휘젓고 다니면서 킁킁거린다. 입국 심사관에게 여권을 내미니 영어 할 줄 아느냐고 묻는다. 할 줄 안다고 하면 뭘 많이 물어볼 기세라 못한다고 하니 별다른 말 없이 도장 찍고 PDI 종이를 준다. PDI는 잘 보관했다가 출국 때 내야하고 분실 시

수수료를 내야 하는 이상한 시스템이다. 그리 중요하면 자기들이 보관하지 왜 나눠주느냐고 세관 행정 편의상 그리한다는 생각이 들었다.

19시 30분 버스는 오소르노를 향해 출발했다. 입국심사가 딱 1시간 걸렸다. 버스가 출발하자 차내식을 나눠주던 직원이 뭐라고 스페인어로 말하더니 종이컵을 들고 다니면서 승객들로부터 돈을 거두고 있다. 내는 사람, 안 내는 사람들이 있는 거 보면 얼핏 생각에 국경 통과 수고비가 아닐까? 글쎄 아르헨티나 출국 때 엄청나게 고생시키더니 하며 괘씸해서 모른척했다. 국경 심사 직원들이 여행객들한테 돈을 뜯는 일은 있어도(캄보디아) 버스 직원이 돈을 뜯는 것은 첨 본다. 버스는 안데스마 칠레 버스다. 우리 대한민국은 한 면은 절벽이요 삼면은 바다라서 버스로 국경을 넘을 일은 없다. 그래서 진기한 경험을 하고 있다.

국경을 넘으니 풍광이 바뀌었다. 아르헨티나의 허허벌판만 보다가 칠레에 들어서니 나무숲도 보이고 집도 드문드문 보인다. 20시 30분 오소르노에 도착했다. 3시간이나 여유가 있어 오소르노 시내를 다녀봤다. 그래봤자 터미널 가까운 곳이지만, 대형슈퍼가 세 군데나 있고 그중 한 군데는 첨보는 초대형 마켓이었다. 23시 30분 드디어 산티아고로 가는 Pullman 버스가 왔다. 풀만 버스는 1층이 살롱까마(침대형 좌석)인데 2×1 배열이고 담요가 있고 좌석이 150도 각도로 눕혀지는 것 같다. 2층은 세미까마인데 2×2 배열이고 120도 각도의 좌석이다. 아쉽게도 충전 단자는 없다. 그러나 와이파이는 매우 강했다. 내일 오전 10시쯤 칠레 수도인 산티아고에 도착 예정이다.

07 아르헨티나 여행 후기

(12월 24일 ~ 1월 8일까지 15박 16일)

아르헨티나 날씨

여행 만족도는 날씨가 좌우한다고 한다. 필자가 다닌 주요 지역들 전부 해가 쨍쨍했다. 특히 피츠로이는 날씨가 너무 좋아서 매우 만족스러운 여정을 보냈다. 이과수나 부에노스아이레스에서는 반소매 차림이었고 파타고니아 지방인 엘 칼라파테랑 엘 찰텐은 초겨울 날씨로 보온성 있는 점퍼를 입었다.

아르헨티나 총평 (지극히 주관적인 평가)

워낙 땅덩어리가 넓어서 이동하는데, 하루 이상이 걸린다. 보통 버스 타면 10시간 이상은 기본이다. 일정이 넉넉하고 체력이 좋으면 숙박비도 절약되는 야간버스가 딱인데 구간에 따라 버스보다 항공료가 더 쌀 때도 있다. 루트와 일정 관리를 잘 짜야 한다. 트레킹이나 엑티비티가 있는 경우는 여유 날을 두어야 원활하게 돌아간다.

푸에르토 이과수 폭포

가기 전에 먹거리를 준비한다. (수건과 생수는 필수)
큰비가 아니면 우비, 우산 다 필요 없다. 금방 마른다.
천천히 돌아보면 4~5시간은 걸린다.
열차 종점인 악마의 목구멍부터 보는 게 유리하다.

부에노스아이레스에서는

탱고 쇼를 보자! 안 보면 나중에 후회할지도 모른다.

Bien de Tango : 플로리다 거리에 있는 극장식 탱고 쇼 520페소
시내 곳곳에 값싼 뷔페식당(무게 달아서 계산)이 있다.
교통카드인 SUBE 카드는 아르헨티나 전역에서 사용할 수 있다.

피츠로이

날씨가 안 좋으면 힘들게 개고생해서 올라가 봐야 아무것도 안 보
인다. 반드시 날씨 체크해야 하고, 피츠로이 봉우리는 거리감은 있지
만 엘 찰텐 동네에서도 보인다. 특히 일출(일명 불타는 고구마)은 아
침 5시 30분부터 쳐다봐야 한다. 이유는 약 5분쯤 붉게 타오르다 순
식간에 사라지기 때문이다. 피츠로이 토레호수(왕복 8시간)까지는 엄
청 힘든 코스다. 체력이 안 되면 전망대까지 가도 괜찮다. (왕복 4시
간)

모레노 빙하는

버스는 왕복으로 티켓팅해야 한다(엘 칼라파테 버스 터미널). 그리
고 공원 입장 시 입장권 요금이 별도로 있다. (버스 왕복 800페소 +
입장료 700페소) 도시락이나 먹거리를 준비해서 휴게소에서 먹을 수
있다. 휴게소에서도 먹거리를 판다.

환전

아르헨티나가 경제가 안 좋아서 달러를 부른다. 카드 사용보다 달
러를 갖고 와서 환전하면 개이득이다.

오소르노 ~ 산티아고 ☞ 버스(Pullman bus) 11시간
산티아고 ~ 깔라마 ☞ 비행기(sky 항공) 2시간 30분
깔라마 ~ 아타까마 사막 ☞ 미니밴 약 1시간

제3장 칠레

삼색기로 빨간색은 독립을 위해 선조들이 흘린 피고 파란색은 하늘과 태평양을 하얀색은 눈 덮인 안데스산맥을 별은 명예와 진보의 길잡이를 의미한다. 잉카제국의 일부였는데 1520년 마젤란에 의해 발견되면서 스페인의 식민지가 되었다. 1810년 독립선언을 했지만, 그 후 백 년 동안 영국의 지배를 받았다.

01 산티아고

10월 9일 (수요일) Pullman 버스는 밤새 달려서 오전 10시 30분에 칠레 산티아고 알데메라 버스터미널에 내려 주었다. 날씨는 심술 궂은 표정으로 잔뜩 찌푸리고 있었다. 터미널 규모도 어마무시하게 크지만 무슨 버스회사들이 이리도 많을까 조그마한 부스들이 끝도 없이 이어져 있다. 출구를 찾아 휘리릭 지나가는데 앗! 엔텔통신사가 눈에 들어왔다. 너 잘 만났다 하며 유심 사러 들어갔다.

칠레 유심 좀 복잡하다. 약국이나 슈퍼에서 유심칩을 사고 통신사 매장에 와서 연결하는 시스템인데 일단 들어갔다. 심 카드 사러 왔다고 하면서 폰을 슬그머니 내밀었다. 필자는 영어로 직원은 스페인어로 상담이 진행되었지만, 서로가 찰떡같이 알아들었다. 직원이 컴퓨터 화면을 보여주며 1,990페소라고 한다. 1,990페소를 주니 나노 유심을 준다.

유심 끼워 넣고 직원이 작업하기 편하게 폰 언어를 에스빠뇰로 변경해서 주었다. 직원이 한참이나 만지작거리더니 다 되었다고 준다. 아니 이렇게 한방에 해주다니 미심쩍은 표정으로 네이버 뉴스를 '탁' 치니 짠~하고 뉴스 화면이 나왔다. 일단 150MB 장착했고 부족할 때는 약국에 가서 직원이 적어준 번호를 보여주면서 리카르도? 하고 돈을 내밀면 충전해 준다고 알려 준다. 일단 데이터를 아끼기 위해 off 해 두고 구글맵을 켜서 호스텔을 찍어보니 1시간 10분 거리다. 걸어가기로 했다. 버스터미널을 나와 산티아고역 광장을 지나는데 수박 행사한다. 미녀들이 길쭉길쭉한 수박 앞에 서 있고 수박에 관한 소개를 한 후 춤판이 벌어졌다. 보니 칠레 전통춤인 것 같다 모두 의상이 화려하다. 한참을 재미있게 보았다. 걸어가면 이런 행운도 걸린다.

아르마스 호스텔

1월 10일 (목요일) 산티아고의 중심지인 아르마스 광장 한편에 있는 아르마스 호스텔Armas hostel에 여장을 풀었다. 숙소 창문을 통해 광장이 훤히 내려다보였다. 밤늦게까지 호스텔 파티한다고 소란스러운 거 빼면 다 괜찮다. 아르마스 호스텔은 자주 파티를 연다. 광장이 보이는 루프탑에서 열리는데 호스텔에서 제공하는 칠레 와인을 한잔씩 하며 전 세계 여행자들과 어울린다. 와인 한잔 먹어 보려고 갔더니만 수염이 허옇게 난 늙은이한테 말 걸어주는 이는 한 명도 없었다. 뻘쭘하게 있다가 와인만 맛보고 들어왔지만, 젊은이들에게는 아주 좋은 파티다.

산티아고 대성당

광장에 있는 대성당 내부는 평범했고 마침 미사 중이라 한참을 구경했다. 본당은 관광객에 대한 배려인가 비워두고 옆방에서 미사를 보는 소박한 성당이다. 미사가 끝나니 캐럴이 나온다. 거룩한 밤~ 고요한 밤~ 한여름 1월에 크리스마스 송을 들으니 묘해진다.

한인 거리

국립미술관이 화, 목, 토가 무료입장이라 가보니 작품도 별로 없고 한산했다. 휘리릭 둘러보고 여기서 5분 거리에 있는 한인거리로 갔다. 한식당 다온, 치킨스토리, 숙이네 등 한인 식당이 서너 군데 있고 K마트와 아씨 마트가 보였다. 아씨 마트에 들어가 보니 신라면과 삼양라면이 3,500페소, 간짬뽕은 2,500페소이고 라면들이 수출용이 아니고 내수용이다. 라면뿐만 아니라 붕어싸만코, 소주, 막걸리 등 없는 게 없었다.

모네다 대통령 궁

모네다는 스페인어로 돈을 뜻하는데 칠레는 대통령 궁 이름이다. 피노체트가 쿠데타를 일으킬 당시 살바도르 아옌데 대통령이 끝까지 남아 저항한 곳이 바로 모네다 궁전이기도 하다. 살바도르 아옌데 대통령이 사회주의적 개혁을 열성적으로 추진하다가 기득권 세력과 미국의 반발에 부딪혔다. 1973년 육해공군과 경찰이 쿠데타를 일으키자 아옌데는 국민에게 마지막 고별 방송을 한 후 대통령 관저인 모네다궁에서 기관총을 들고 쿠데타군에 맞서 싸우다가 자살했다. (윤보선 대통령은 의자에 앉아 쿠데타군이 오니 '올 것이 왔다'라고 말하고 얌전히 권력을 내어준 것하고는 아주 달랐다) 군사정권은 이후 17년 동안이나 철권을 휘둘렀으며, 쿠데타 직후의 광범위한 인권 탄압으로 인해 사망자와 행방불명자가 수천 명에 달하고 해외로 망명한 사람도 부지기수였다. 쿠데타군의 폭격으로 부서진 모네다궁은 복원 작업을 거친 후 현재 과거의 위풍당당한 모습을 그대로 간직하고 있다. 대통령 궁도 일반인 관람이 가능한데 사전에 인터넷으로 예약해야 한다. 〈www.gob.d/en〉

지하철역에서 Bip 교통카드를 사면서 2,000페소를 주니 역무원이 자기 폰으로 1,550 + 750 = 2,300이라 보여준다. 300페소 더 주고 교통카드 샀다. 모네다 궁전으로 가는 길에 누에바 욕 (Nueva York)거리를 들렀다. 이 거리랑 모네다 궁전이랑 1분 거리에 있다. 스페인 건물을 빼다 박은 듯 웅장한 건물들이 우뚝 서 있다. 모네다 궁전 주위에는 벌써 인파들로 가득 차 있다. 시간은 10시 50분 저쪽 길에서 군악대 소리가 들린다. 벌써 시작인가? 군악대가 먼저 들어오고 보병과 기마병이 뒤따라 입장한다. 근위병 교대식 시간은 인터넷 검색에는 10시, 11시 설이 있는데 글쎄 동절기와 하절기 시간이 다른지는 모르나 1월 현재 10시 50분에 시작되어 약 30분간 진행되었다.

〈칠레 할머니 그래피티〉

기억과 인권박물관

기억과 인권박물관은 칠레의 아픈 과거 역사를 기록한 박물관이다. 칠레는 한국의 근현대사와 많이 닮았다. 특히 군부 정권의 등장과 인권 탄압은 매우 유사하다. 피로 정권을 잡은 피노체트는 17년간 철권 통치를 통해 수많은 사람 인권을 억압했다. (3천 명 살해, 2천 명 실종) 피노체트는 결국 민심에 권력을 내놓고 해외로 도피했으나 82세 나이에 런던에서 체포되었다. 고령으로 게다가 치매 증상으로 재판을 한 번도 받지 않았고 91세에 심장병으로 사망했다. 그가 숨지자 산티아고에서는 수천 명의 시민이 몰려나와 춤을 추었다고 한다.

사진 촬영은 금지되어 있고 무료입장이다. 들어가 보니 전 세계 인권에 관한 자료가 있는데 부끄럽게도 한국의 인권도 나와 있다. 사진은 아마 5·18 때 찍은 사진이 아닐까 생각 든다. 남미에서는 한국(남한)을 '꼬레아 델 수르'라 부른다. 그런데 전 영토가 수용소인 북한 관련 자료는 하나도 안 보였다.

잉카 콜라

점심 식사하러 적당한 식당을 찾는데 저렴해 보이는 식당들은 대기 줄이 만만치 않았다. 여기저기 기웃거리다 고급져 보이고 사람들이 덜 복작거리는 식당에 들어갔다. 식전 빵이 나오고 메인요리 뽀요타코(닭고기 타코)가 나왔다. 겉은 바삭거리고 안쪽 닭고기는 부드러웠다. 소스도 2가지 나왔는데 짭조름한 맛이 있지만 채소에 드레싱 해서 먹어 보니 괜찮았다. 특히 처음 맛보았던 잉카 콜라는 노란 오렌지색 음료수인데 맛은 아주 옛날 여름철에 길거리에서 팔았던 냉차랑 비슷한 느낌이다. 노란 색감에다 약간 달짝지근하면서 톡톡 쏘는 청량감이 입속을 휘감고 넘어가는데 부드럽기 그지없다. 이날 이후 끼니때마다 잉카 콜라를 찾았다. 밥값은 봉사료 878페소를 더해서 총 9,658페소가 나왔다. 봉사를 받은 적이 없지만 계산서에 포함되었다.

아르마스 광장

여기 광장에는 종일 뭔가가 벌어지고 있다. 주 예수를 믿고 천당 가자고 종일 목 터지게 외치는 사람도 있고 각종 퍼포먼스와 버스킹이 눈과 귀를 즐겁게 한다. 아르마스 호스텔은 뭔가 묘한 표정을 짓고 있는 석상 바로 옆 6층 건물인데 1층은 상가가 있고 정문으로 들어가면 복도 좌우로 핫도그를 많이 판다고 해서 유명한 핫도그 골목이라고 한다. 2,100페소(3,600원)짜리 주문했는데 맥주랑 같이 나왔다. 맥주도 작은 병이 아니고 500cc다. 핫도그와 채소가 들어있는 샌드위치로 먹어보니 점심때 먹었던 비싼 음식보다 훨씬 맛있었다. 빵은 바삭거리고 속은 촉촉했다. 옆에 여자 둘이 와서 각각 2개씩이나 먹고 갔다. 맥주도 쌉싸름한 맛이 입안을 감돌면서 목 넘김 때는 톡 쏘는 맛이 강했다.

산티아고 여행 후기

내일이면 산티아고를 떠나 칠레 북부 아타카마로 떠난다. 이제 동네도 눈에 들어오고 구글 지도 없이도 다닐 만하니까 떠날 날이 다가온 거다. 다들 산티아고는 별로 볼 것이 없다고들 한다. 사실 볼 게 없다. 그런데도 일주일씩이나 있느냐 하면 그냥 휴식이다. 산티아고 위치가 남미 대륙의 딱 중간 지점에 있다. 시계방향 여행자들은 주로 브라질로 IN 해서 아르헨티나 거쳐 오다 보면 지친다. 산티아고에서 충분히 쉬었다가 아타카마 사막과 우유니 소금사막, 마추픽추에 도전한다. 반시계 방향 여행자도 리마로 IN 해서 마추픽추를 거쳐 우유니, 아타카마를 내려오다 보면 지친다. 그래서 딱 중간인 산티아고에서 많이들 쉬었다가 간다. 사실 쉴 수밖에 없는 게 산티아고 시내에서 볼 게 그리 많지 않다는 것이다. 대다수 여행자가 쉬면서 지나온 여정을 돌이켜 보기도 하고 앞으로의 여정도 점검해보기도 한다. 필자도 일주일 체류하면서 쉬기도 하고 쿠바로 가는 항공권도 예매했다.

〈아르마스 호스텔 루프탑에서〉

산티아고 시내에서 공항 가기

1월 15일 화요일 날씨는 덥다. 밖에 나가면 불화살이 날라와 온몸에 쿡쿡 박힌다. 머리가 어질어질하다. 숙소에서 조식을 먹고 공항으로 가는 버스터미널까지 지하철 or 버스 고민하다가 지하철은 갈아타야 하고 잘못 들어가면 헷갈리는 수가 있어 한 방에 가는 버스를 선택했다. 아르마스 광장 부근에서 터미널로 가는 404번 버스를 07시 50분에 탔다. 버스는 금방 알라메다 터미널 부근에 8시 15분경에 내려준다. 길 건너에 turbus 간판이 보였다. 지하도를 이용해 건너가 보니 알라메다 터미널 옆에 있는 turbus 터미널이었다.

공항 가는 티켓을 파는 부스는 23번 게이트에 있다. "아에로빠르께" (공항)를 할까 하다가 그냥 "에어포트"하니 1,900페소(3,000원) 달라고 한다. 부스 앞 공항으로 가는 버스 타는 곳에 줄을 섰다. 버스가 만차라 안내직원이 서서 갈 사람만 태우고 버스를 출발시켰고 이내 다음 버스가 들어왔다. 8시 25분 출발해서 09시경 공항에 도착했다. 산티아고에서 칼라마는 국내선이다. Domestic Departures 간판을 따라가니 보안검색대가 나왔다. 직원한테 폰에 캡처한 티켓을 보여주고 보안검사를 받았다.

보딩타임이 되어서 폰에 저장된 티켓 QR 코드 찍고 공항버스 타고 sky 130번 비행기에 탑승했다. 좌석 배열은 3×3이고 앉아보니 모니터도, 충전 단자도 없다. 저가 항공이지만 간단한 스낵은 줄려나? 약 2시간 비행에 한 시간 지났

을 무렵 트롤리 끄는 소리가 났다. 그래 뭔가 주는 것 같다. 하고 기
대했으나 커피랑 주스를 돈 받고 파는 것이었다.

칼라마 공항에서 아타카마 사막 마을까지

칼라마 공항은 건물만 덩그러니 있고 주변에는 아무것도 없다. 멀
리서 보면 외계인 기지 같은 모습이다. 여기서 차를 타고 나가야 칼
라마나 아타카마로 갈 수 있다. 공항에서 아타카마까지 가는 방법은
2가지가 있다. 택시를 타고 칼라마 버스터미널로 가서 아타카마로 가
는 버스를 타는 방법이 있는데 좀 번거롭다. 물론 일행이 있다면 택
시를 쉐어해서 가면 되는데 칼라마 버스 터미널이 매우 불안하다. 새
똥 테러 맞을 확률이 50% 넘는다. 쉬운 방법은 공항 부스에서 아타
카마로 직행하는 미니벤이 있는데 좀 비싸다. 12,000페소 주면 숙소까
지 데려다준다. (카드 결제 가능) 부스에서 티켓을 사면 옆에 대기하
고 있는 기사(주황색 티셔츠 아저씨)가 차로 데려간다. 이때 아저씨한
테 숙소 이름을 정확히 알려줘야 한다.

02 아타카마 (사막 투어)
공항에서 아타카마로 가는 길

아타카마로 가는 길은 태어
나서 처음 보는 광경이었다. 사
방을 둘러봐도 온 천지가 풀
한 포기 나무 한 그루 없는 황
량하기 그지없는 풍경이 마을
로 가는 내내 본다. 마치 핵폭
탄을 맞아 세상이 멸종된 상태

처럼 아무것도 없었다. 오직 흙무더기와 자잘한 돌멩이뿐이다. 문득 영화 매드 맥스가 떠올랐다. 핵전쟁으로 멸망한 22세기에서 얼마 남지 않은 물과 기름을 차지하기 위해 피 터지게 싸우는 배경이 영화 줄거리인데 여기가 아닌가 하고 생각이 들었다. 그 황량한 벌판 한가운데 도로가 나 있다. 간혹 나타나는 아타카마 표지판이 여행 중이라는 것을 알게 해주었다. 이 표지판마저 없었더라면 태양계에 있는 어떤 행성에 도착해서 어디론가 이동 중이라고 착각할 만큼 괴기스러운 곳이었다. 한참을 달려 저 멀리 우거진 숲이 보이고서야 사람 사는 동네가 나오는구나하고 안심이 되었다. 이틀 밤을 보낼 게스트하우스에 도착했다. 여장을 풀고 간편 복장으로 중심가로 나와 50달러 환전하고 시계를 보니 3시 40분이다. 혹시 하고 가까운 여행사에 들어가서 달의 계곡 투어 지금 신청해도 되냐고 물었더니 OK다. 얼만지 물어보니 15,000페소라고 해서 깎아달라니까 망설임 없이 13,000페소 부른다. 4시 출발이라 기다리니 가이드가 와서 10명을 인솔해 달의 계곡 투어가 시작되었다.

아타카마 사막 투어

1월 15일 아타카마는 늘 뜨거운 곳이다. 사막 투어 가이드는 훤칠하게 잘생긴 칠레 젊은이인데 친절하고 배려심이 있었다. 나이 많은 필자를 항상 예의주시하고 있었고 뭔가 도움을 주려는 눈치였지만 불행히도 언어 소통이 안되었다. 우리 팀은 10명인데 전용 차량을 이용해 사막을 이리저리 이동하면서 투어를 했고 아시아인은 필자와 중국인 커플이 있었다.

　공원 안내소에 도착하기 전에 가이드가 입장료 3,000페소씩 거두었다. 다시 차량은 움직였고 점점 더 안쪽으로 들어가고 있었다. 잠시 후 사막이 보이는 곳에서 모두 내렸다. 사막을 걸어가는데 발은 모래에 푹푹 빠지고 하늘에서는 불화살이 소나기처럼 쏟아지고 있었다. 이런 곳에서 유목 생활하는 베두인들은 어떻게 적응하고 사는지 참으로 대단하다고 느꼈다. 사막 꼭대기에서 바라본 전망은 말로 형용할 수 없었다. 가이드가 코카차 잎을 나눠준다. 고도 2,700m다. 우유니가 3,700m, 쿠스코가 3,500m에 비하면 아타카마는 아무것도 아니다. 그래도 가이드의 준비성에 다들 엄지척해준다. 그러고 보니 칠레 사람들은 조금만 흡족해도 곧잘 엄지를 쑥 내민다.

　풀 한 포기 나무 한 그루 없는 황량하기 그지없는 곳. 아니 어쩌면 닐 암스트롱의 발자국이라도 발견할지 모르는 달의 어느 장소인가? 어디선가 NASA에서 명령받은 로봇이 또르르 굴러와서 암석을 채취할 것만 같은 아타카마 사막. 달 보다는 화성을 더 닮은 듯하다. 달이면 어떻고 화성이면 어때 우리가 사는 지구상에 이런 곳이 있다니 상상을 못 했다. 그리고 또 한참을 달린 후 내린 곳은 동굴 탐험이다. 양쪽 흙 바윗덩어리가 햇빛에 반사되어 붉은빛을 띠고 있고, 금방이라도 인디아나 존스에 나오는 해리슨 포드가 밧줄을 휘두르며 나올 것 같은 분위기다. 초반에는 사진도 찍고 다들 쉽게 간다. 그러나 갈수록 허리를 굽혀야 지나갈 수 있는 동굴 미로가 나타났다. 어두운 동굴을 밝혀주는 자연광, 뻥 뚫린 곳에서 파란 하늘이 쏟아져 들어오고, 그러다가 갑자기 길이 좁아지더니 거의 앉은 자세로 엉금엉금 기어서 지나가는 험난한 코스를 지난다. 그러다가 밝은 빛이 들어오고 동굴 끝 지점인가 보다, 다 왔다는 생각 들었는데 다시 암벽(?) 타는 수준의 코스가 등장했다. 힘들게 올라서자 드디어 엔딩이다. 다시 공원 입구에 돌아와서는 매점도 이용하고 화장실도 다녀오고 마지막 장소로 이동했다.

〈아타카마 사막 석양〉

아타카마 사막 석양

불화살을 끊임없이 내리꽂던 태양도 흘러가는 시간에는 어쩔 수 없나보다 내일을 기약하면서 서서히 지고 있다. 그림자가 예뻐서 찍다가 슬쩍 카메라를 돌리자 이 남자 쓰윽~ 폼을 잡더니 이번엔 짝다리를 보여준다. 사막도 보고 동굴도 지나고 이제 석양을 기다리는 관광객들이 가득한 이곳 전망대에서 모두 아타까마의 진기한 광경에 입을 다물지 못했다. 어느덧 해는 꼴깍 숨넘어가고 아타카마 달의 계곡에도 어둠이 찾아왔다.

투어가 끝나고 동네에 들어서니 오후 9시가 다 되었다. 수고한 내 몸을 위해 닭을 선사하기로 하고 아타카마에서 가장 유명한 통닭집에 가서 3,500페소 주고 닭 다리 하나와 감자튀김을 샀다. 오늘 같은 날 맥주가 빠질 수 없지 맥주 구하러 이 골목 저 골목 다녔지만 파는 곳이 없어 결국 펍에 들어가 하이네켄 작은병 2,500페소 주고 비싸게 샀다. 숙소에 들어오니 반갑게도 한국인 커플과 한방을 쓰게 되었다. 그들은 시계방향 여행자로서 산티아고 쪽으로 간단다. 이번 배낭여행한 달 만에 한국인들 만나 한국말을 쓰게 되었다. 다음날 숙소 부근에 있는 터미널로 가서 내일 우유니로 가는 버스표를 예매했다. 아타카마 버스 터미널은 황량한 벌판에 나무판자로 얼기설기 만들어져 어디선가 말 울음소리와 함께 시거를 입에 문 '장고'가 짠~ 하고 등장하는 마카로니웨스턴 같은 묘한 분위기였다. 여러 회사의 부스가 있는데 그중에서도 괜찮다고 소문난 크루즈 델 노르떼 버스를 예약했다. 원래 20,000페소인데 프로모션해서 17,000페소(28,000원) 주었다. 크루즈 델 노르떼가 원래 비싸다는 건 아는데 일반 버스요금인 12,000페소에 비하면 턱없이 비싸다. 내일 버스를 타보면 차이를 알 수 있으려나?

산 페드로San Pedro성당

유럽 배낭여행을 2차례나 하면서 성당이란 성당은 거의 봤지만 여기 아타카마 산 페드로 성당은 매우 특이하고 처음 보는 스타일이라 무척 신기했다. 일단 흙으로 지어졌고, 나무로 얼기설기 이어 만든 문도 범상치 않아 보인다. 19세기 중엽에 지어졌다니 약 200년 가까이 된 성당이다. 내부로 들어가 보니 천장에도 나무로 얼기설기 엮었다. 그래서 그런지 시원하다. 산 페드로 성당에서 만나는 모든 성물 의상도 매우 특이하다. 성모 마리아의 화려한 복장과 주 그리스도의 의상은 파격적이라서 어떻게 해석해야 할지 감이 안 온다. 이런 류의 성물은 본 적도 없다. 어찌 보면 중세의 그림 같은 성당이었다.

●아타까마~깔라마~우유니 ☞ 버스(크루즈 델 노르떼) 12시간

●우유니~포토시(환승)~수크레 ☞ 버스 8시간

●수크레~라파즈 ☞ 야간버스 14시간

●라파즈~푸노(티티카카호수) ☞ 버스 7시간

제4장 볼리비아

빨간색은 볼리비아 동물과 용맹한 군인을 나타내고 노란색은 풍부한 광물자원을 뜻하며 초록색은 풍요로운 대지를 뜻한다. 문장은 코도르, 알파카, 빵나무, 포토시의 구릉, 9개 지방을 나타내는 9개의 별과 태양. 국가상징 동물은 라마이고 1854년 제정되었다.

01 우유니 (소금사막)

 # 험난한 여정

오늘은 10시 45분 버스타고 아타카마에서 우유니로 가는 날이다. 느긋하게 일어나 아침으로 바나나랑 토마토에 칠레 와인을 뿌려서 구워 먹었다. 배낭을 꾸려 버스터미널에 왔다. 쓰고 남은 칠레 3,000페소 중에서 1,000페소는 비스킷을 샀고 2,000페소는 볼리비아 돈으로 환전했는데 약 15볼 주는 것 같다 한국 돈으로 2,400원 정도 된다. 우유니 도착해서 환전할 때까지 버텨야 된다.

오전 10시 45분 기대했던 크루즈 델 노르떼 버스는 너무 낡았고 스크린은 물론이고 충전 콘센트조차 없다. 시설이라고는 화장실 하나밖에 없다. 바퀴도 앞, 뒤로 한 개라 쿠션은 안 좋을 것 같고 특히 안전벨트조차 없다. 여러모로 마음에 안 드는 버스다. 달랑 승객 3명을 태우고 출발했다. 12시 30분 칼라마 버스터미널에 도착했고 승객 2명이 내렸으며 추가로 10여 명의 승객을 태우고 13시에 출발했다.

약 30분 달렸나 버스가 갑자기 핑음을 내더니 아래쪽 뭔가가 도로에 끌리는 느낌을 받았다. 버스는 황량한 벌판에 서고 말았다. 아~ 좋다고 추천하던 크루즈 델 노르떼! 뭔가가 심상찮다. 아마도 최악의 경우는 허허벌판에서 노숙해야 할지도 모른다. 핑음 소리를 들어보니 크랭크축이 부러졌나? 하여튼 기사가 수리할 상태는 아닌 것 같고 칼라마에서 출발한 지 30분이 되었으니 수리하러 지금 출발했어도 30분이 걸리지 않을까 생각이 들었다. 대체 버스가 온다고 해도 대체 버스가 준비되지 않는 상태라면 언제 올지도 모른다. 배낭여행 중 최악의 사고다.

버스에 내려 바닥을 보니 역시 필자의 예상대로 크랭크축이 부러졌다. 크랭크축은 엔진으로부터 회전 동력을 받아 바퀴로 전달해 주는 길쭉한 막대처럼 생겼는데 이 막대 가운데 부분에 다리 관절처럼 이음새가 있다. 이게 부러진 것이다. 그러니까 엔진은 가동되고 있어도 그 동력이 바퀴까지 전달이 안 되니까 멈춘 것이다. 아마 늦게 아주 늦게 대체 버스가 올지도 모른다.

사막 열풍 속에 에어컨은 출발 때부터 가동이 안 되었다. 버스 상태가 어떤지 기사한테서 전혀 듣지 못했고 승객들 대부분이 좌석에 널브러져 있었다. 덥고 개짜증이 슬슬 밀려오지만 어떻게 해볼 방법이 없다. 그냥 뭔가로 해결되기를 기다리는 수밖에 없다. 3시간쯤 지났을 때 대체 버스가 왔다. 승객들 전부 짐 들고 대체 버스로 옮겨 탔고 버스는 길을 떠났다. 관계자가 왔는지는 모르지만, 상황 설명이나 사과 한마디 없었고 게다가 승객들이 제대로 탑승했는지 인원 체크도 없었다. 남미는 아직 머나먼 한참 뒤떨어진 후진국이다.

18시 30분 칠레 출입국 사무소에 도착해서 여권과 입국할 때 받았던 PDI 종이를 주니 PDI 종이는 처다보지도 않았다. PDI는 왜 필요한 거지? 볼리비아가 1시간 빨라서 시간은 5시 30분으로 변경되었다. 잠시 후 볼리비아 출입국 사무소 도착했고, 개인 짐을 들고 이미그레이션에 갔다. 여권이랑 입국서류를 주니 입국서류는 힐긋 처다보고 "꼬레아?" 딱 한 마디 하고 도장 찍어 준다.

승객 수가 많지 않아서 출 입국 심사가 금방 끝나고 이제 볼리비아 우유니로 향해 버스는 가고 있는데 비포장도로 자갈밭 길이다. 좌우 아래위로 롤링이 심해 놀이기구를 탄 기분이다. 덜컹덜컹 덜덜덜덜~~ 워낙 심하게 흔들려서 차량 나사가 죄다 빠져 운행 중 버스가 분해될지도 모른다는 걱정이 되기도 했지만 크루즈 델 노르떼 버스는 끈기 있게 가고 있었다. 비록 흔들리는 차량이지만 창밖 풍경은 진짜 어메이징하다. 저 멀리 설산이 보이고 그 아래는 호수 같은 크기에 물은 메말라 없고 넓은 황무지가 펼쳐져 있다. 이어서 기암괴석들이 도로 양쪽에 괴기한 형상을 한 광경이 한동안 지속되었다. 놀라운 광경이다. 아타카마에서 봤던 그 어떤 풍광보다 뛰어나다. 게다가 해가질 무렵 노을이 물들자 대지 위의 온갖 것들이 붉게 타올라 춤을 추고 있었다. 잊지 못할 광경이었다.

장거리 버스임에도 불구하고 차내식은 말할 것도 없고 물도 안 준다. 이 구간에 휴게소가 있는지 없는지는 모르나 한 번도 쉬어가지 않았고 먹거리를 안 챙겼더라면 점심, 저녁 2끼는 쫄쫄 굶을 뻔했다. 크루즈 델 노르테 다시는 안 탄다. 22시 10분 거의 12시간 만에 우유니 마을에 도착했다. 비가 왔는지 바닥은 촉촉했고 그나마 동네가 밝아서 관광지임을 알려준다. 버스에 내려 예약한 숙소 줄리아 호스텔에서 체크인하고 배가 고파 주위를 돌아보니 길 건너에 포장마차가 보였다. 가보니 간단한 스낵을 만들어서 판다. 소시지를 볶고 감자를 튀겨서 담아준다. 꿀맛이다. 우유니는 고도 3,700m인데 일반 여행자가 갈 수 있는 곳 중에서 매우 높은 편이다. 대부분 멀미, 구토, 두통이나 두근거림, 소화불량 등 고산증을 겪는다고 하던데 왜 이리 말짱하지? 자고 나면 어떻게 될지는 모르지만, 현재는 양호하다. 내일 우유니는 어떤 모습으로 보여줄지 궁금하다.

우유니 주변

칠레 아타까마는 불지옥이었는데 여기 우유니는 선선하기보다 약간 춥다. 아침에 일어나 몸 상태를 점검해보니 고산병하고는 거리가 먼 체질인지 별다른 이상 없이 말짱했다. 환전이랑 소금사막 투어 신청과 수크레로 가는 버스표 예매하러 나갔다. 소금사막 투어사는 브리사, 호다까 등이 있는데 숙소인 줄리아 호텔 옆에 있는 오아시스 투어사에 가보니 '선셋 스타라이트' 투어가 정원 7명에 딱 한 명이 비어 있다. 150불(24,000원) 주고 신청했다. 16시 출발해서 투어 끝나면 20시 40분 도착이다.

내일 출발할 수크레행 버스표 사러 갔다. 버스터미널은 건물이 따로 없고 도로변에서 버스를 타고 내린다. 여행사도 골목에 밀집되어 있다. 우유니 어딜 가나 개 놈들 천국이다. 개 주인도 없고 그냥 떠돌이인데 다들 자력갱생 개 놈들이다. 덩치가 있어 보기에는 좀 위협적이긴 해도 물거나 공격하지는 않았다. 간판에 수크레Sucre라고 표시된 여행사에 들어갔다. 수크레는 포토시 거쳐서 가는데 오전 10시 출발로 했다. 좌석은 모니터를 보여주며 선택하라고 해서 2층 앞자리 명당을 콕 집었다. 60볼(9,800원) 주고 티켓팅 했고 버스는 여기 여행사 앞에서 출발한다.

우유니 중앙시장 닭백숙

점심은 칼도데뽀요를 먹으러 중앙시장으로 갔다. 재래시장 옆 건물인데 Sopa de pollo(닭국물)는 이름이 국물이지 닭고기가 들어있다.

허름해 보이는 식당가 안쪽에는 현지인들로 바글바글하다. 오후 2시쯤 갔는데 건물 안에는 대략 9개 점포가 있었고 그 중 다 팔고 영업 종료한 식당도 몇몇 있었다. 정확한 이름은 '칼도데뽀요'다. 뽀요은 스페인어로 닭이란 뜻이다. 주인이 닭백숙을 그릇에 담기 전에 뭐라고 하는데 이해가 안 가서 주방에 가보니 주인이 닭고기 건더기를 넣어 줄까 하는 뜻으로 고기를 가리킨다. 넣어 달라고 했고 내오기 전에 또 뭐라고 한다. 이때는 고수를 넣어 줄까 하는 말이다. (고수는 향이 강한 풀) 한 그릇에 15볼로 알고 있어 15볼을 주니 주인이 아니라고 2볼을 다시 내어 준다. 착한 사람들이다. 맛은 영락없는 닭백숙이다. 닭을 푹 고아 진한 국물에 닭고기랑 감자와 당근, 밥, 달걀까지 들어 있다. 저녁 6시까지 영업한다.

 # 우유니 소금사막 투어 선셋 스타라이트

1월 18일(금요일) 선셋 스타라이트는 오후 4시 출발하여 우유니 사막에서 일몰과 은하수를 보고 밤 9시쯤 돌아오는 투어다. 날씨는 안타깝게도 먹구름이 잔뜩 몰려와 있고 비가 와서 개 폭망이지만 어쩔 수 없다. 폭망 속에서도 건질 건 건져야 한다. 소금사막에 진입하자 서행하며 가이드 겸 운전사가 사진 찍기 좋은 곳을 찾아 한 시간째 이동한다. 처음에는 비가 많이 와서 무슨 강을 지나는 것 같았으나 점점 소금밭으로 변했다. 바닥은 소금으로 단단히 굳어 있는데 아주 평평했고 손가락 두 마디 정도의 물이 찰랑거렸다. 사방을 둘러보니 세상 모든 사물을 반영시키는 자동 거울처럼 신기하게도 사물이 아래위로 겹쳐 보였다. 저 멀리 희뿌연 한 하늘에 뭉게구름이 얇게 깔려있고 그 사이로 언뜻언뜻 비치는 파란 하늘색이 아래위로 반영되어 마치 은하수처럼 기다랗게 타원형을 그리고 있다. 우주의 모습일까? 개인별로 사진 찍는 시간이 주어졌다. 다들 여기서 처음 만난 팀원들이고 운 좋게도 한국인 젊은 남녀들이다. 우유니 동네에 나가면 여기저기서 한국말을 가장 많이 들을 수 있을 정도로 젊은 한국인들을 볼 수 있다. 투어 인원은 전부 7명으로 필자만 혼자고 나머지는 둘씩 친구들 사이로 보였다.

30대로 보이는 남자 둘은 '따라쟁이'다. '따라쟁이'들은 먼저 이렇게 저렇게 하자는 건 아니고 춥니, 날씨가 개판이니 투덜거리면서도 하자는 대로 한다. 20대로 보이는 남자 둘은 '막가파'다. 이렇게 하자 저렇게 하자는 등 미리 한국에서 충분히 공부하고 온 것처럼 폼을 주문하고 날씨, 구름, 비, 이런 것들과는 아무런 상관없이 그냥 즐긴다. 나머지 역시 20대로 보이는 여자 둘은 인생 샷을 건지려고 툭 튀어 나온 비싸 보이는 카메라를 갖고 온 '하고집이'들이다. 날씨로 약간의 불만이 있었지만 이내 순응하며 이리저리 폼을 잡는다. '따라쟁이'들은 물끄러미 구경하고 있고, '하고집이'들은 차량 위에 올라가 폼을 잡고, '막가파'들은 묘기를 연출하고 있었다.

다들 그렇게 놀다가 가이드가 차량 위에서 컬러풀한 플라스틱 의자를 내리더니 여러 가지 포즈를 주문한다. 팀원들이 서로 상의도 하고 뭐 더 재미나는 연출이 없을까 쑥덕쑥덕~ 연습도 미리 해 본다. 의논을 거듭해서 드디어 연출을 시작했다. 어느새 초등학생처럼 깔깔 웃으며 이리저리 폼을 잡고 있으면 가이드가 사진을 찍어 준다. 비록 구름이 잔뜩 끼어 효과가 반감되었지만 연습한 대로 다들 폼을 잡는다. 내가 젊은이들 틈에 끼여서 무슨 짓을 하고 있지? 하지만 이때는 전혀 느끼지 못했다. 가슴에는 이미 젊음의 열기가 분출되었다. 이런 재미로 우유니에 오는 것 같다.

하이라이트는 팀원들이 서로 이름 써 주기다. 이름은 한글 또는 영문도 되는데 각자의 폰으로 색을 정하고 맡은 철자를 그리면 가이드가 타임랩스 기법으로 촬영한다. 다행히 비가 그쳤지만 구름이 많아 일몰도 별 보기도 접어야 했다. 우유니 소금 사막은 말 그대로 바닥은 아주 평평한 소금 바닥이다. 그 위에 비가 와서 물이 고여 반영되니까 판타지 한 광경이 연출되는 것이다.

세상에서 가장 넓은 소금밭이 보여주는 광경은 지금껏 살아온 인생살이가 우물 안 개구리라는 생각이 들었다. 이 아름다운 세상을 왜

이렇게 늦게 만난 것인지 안타까울 뿐이다. 사실 날씨 때문에 투어가 어렵다는 가이드 말을 무시하고 워낙 발랄하게 노는 '막가파' 때문에 어둠을 기다려서 폰 불빛으로 각자 이름 써주기랑 공중 서치라이트까지 마쳤다. '따라쟁이'들이 너무 추워서 그냥 돌아가자는 눈치였으나 '막가파'랑 '하고집이'들 공으로 귀한 인생 샷을 여러 장 건졌다.

우유니에서 수크레로 이동

쾌씸하게도 우유니를 떠나는 아침 하늘은 아주 푸르고 쾌청했다. 이과수 폭포나 피츠로이 갈 때도 날씨가 아주 좋았는데 우유니는 비가 와서 폭망했다. 설마 마추픽추는 괜찮겠지 하는 걱정을 뒤로하고 수크레로 가는 버스를 탔다. 9,700원 주고 티켓팅 한 거라 큰 기대는 안 했지만 티켓에는 분명히 세미까마(우등 고속)인데 콘센트는 커녕 화장실도 없다. 아르헨티나와 칠레에서는 황무지 벌판을 달렸는데 볼리비아에서는 산을 수십 개 넘고 넘어 나무 한 그루 없는 길을 가고 있다. 남미는 땅덩어리는 큰데 거의 쓸모없는 땅이 많다. 세계지도를 펼쳐보면 아시아나 유럽지역은 녹색이 많이 보이는데 남미에서 아르헨티나, 칠레 등 나라들 보면 녹색이 거의 없다. 특히 아르헨티나는 부에노스아이레스나 북부 코르도바나 살타 이외의 지역은 거의 황무지다. 볼리비아도 북부 정글 지역 외는 거의 허허벌판과 다름없다. 이번 여행에서 느낀 것은 유럽은 문명의 역사를 보는 것이고 남미는 자연 광경을 본다는 점이 확연히 차이가 난다. 폭포나 빙하라는 대자연에도 압도되지만 끝없는 대지에 풀 한 포기 나무 한 그루 없는 황무지가 주는 자연 그대로의 모습 또한 굉장했다. 그래도 가끔은 고슴도치 모양의 풀들이 삐죽삐죽 자라나 황무지를 뒤덮고 있는 것을 볼 수 있었다.

02 수크레

18시 00분 수크레 버스터미널에 도착했다. 터미널이 좁아 사람들로 미어터진다. 잠시 의자에 앉아 오늘 숙박할 호스텔이 어딘지 구글맵을 통해 점검하니 도보 40분이다. 걸어가기로 했다. 원래 잘 걷기도 하지만 걸으면서 보는 낯선 도시 구경도 재미있다. 수크레 첫인상은 내가 여기 왜 왔지? 하고 의문이 들었고 몇 발자국 걷자마자 이 도시가 싫어졌다. 그 이유는 독한 매연 때문이다. 시내버스는 아예 뒤편에 굴뚝(매연통)을 달아 시커먼 연기를 풍풍 뿜어대며 간다. 버스는 서민들의 발이라서 그런지 요금이 1.5볼(250원)이다. 다니는 모든 버스는 문을 아예 열어놓고 운행하고 아무 곳에서나 손들면 세워서 타고 내린다. 대부분 승용차도 딱 봐도 한 30여 년이나 지난 낡은 고물차인데 매연 또한 버스 못지않게 내 뿜고 있다.

동네 현지인 식당에 들러 점심을 먹었다. 어제 먹었던 닭튀김을 주문하자 점심때는 안 판다고 단일 메뉴밖에 없단다. 그래서 뭐 괜찮다고 달라고 하니 어제는 닭고기랑 밥만 달랑 주더니 오늘 점심은 먼저 닭 수프가 나왔다. 약간의 닭고기와 푹 끓인 육수에 고수를 고명으로 살짝 얹었다. 이어서 망고 주스가 나오고 본 품 요리도 나왔다. 닭 다리 하나에 스파게티는 아니고 우리의 굵은 칼국수 면이다. 닭 다리 옆에 있는 소스에 버무려 먹으니 맛이 괜찮다. 다 먹고 20볼을 주니 잔돈으로 7볼을 준다. 아니 어제 먹었던 거랑 같은 가격인 우리 돈 2,000원이다. 볼리비아 물가가 양처럼 순하고 착하다. 식사 후 어제 일요일이라 굳게 닫혀있던 성당 문이 열려서 가보니 정원만 공개되었다.

산 펠리페 네리 성당 (San Felipe Neri)

스페인에서 흔히 보는 건축 양식인 Patio (파티오)는 위가 트인 건물에 안뜰이 있는 이슬람 건축 양식이다. 이슬람 문화가 남미 전역에 걸쳐 퍼져있는 것을 볼 수 있다. 이슬람의 원조는 북아프리카에서 발생했는데 그 세력이 커지자 스페인을 집어삼키더니 남미까지 퍼져있다. 건물이 예쁘긴 하다. 남미의 산토리니라고 불리는 수크레 구시가지의 대부분 건물은 흰색이다. 독립운동 기념일인 '5월 25일 광장' 주변을 중심으로 대성당과 박물관, 상점들이 몰려있다. 물가 싼 곳에서 호사를 누려보자고 카페에 들어갔다. 달콤한 초콜릿 케이크(18볼)와 카푸치노 한 잔(15볼) 시켰다. 전부 33볼 (5,000원) 국내에서 이런 카페를 출입 안 해서 잘 모르겠는데 카푸치노 한 잔 값이 아닐까 한다. 다시 슬슬 움직여서 수크레에서 살테냐 맛집으로 소문난 만두를 먹으려 갔는데 찾지 못했다.

떠나야 하는 날은 늘 아쉽고 미련이 남는다. 여행이란 이별의 연속이지만 잠시 정들었던, 눈에 익었던 거리나 풍경들이 다시 만날 기약도 없이 떨쳐버리고 떠나기란 여간 마음이 찡할 수밖에 없다. 그래도 떠나야 할 숙명이라면 약간의 미련을 남겨보자 그 미련이 언젠가 깨어나 잔잔한 파문을 일으킨다면 다시 만날 수 있지 않을까?

버스 터미널은 떠나는 사람들이랑 찾아오는 사람들로 북새통을 이룬다. 터미널이 양분되어 한쪽은 사람들이 타고 내리고 반대편은 어디론가 보낼 수화물을 접수하고 짐들을 버스에 싣는다. 화물 담당자들이 여기저기 촉각을 곤두세우고 화물 고객을 찾아 목적지를 소리지른다. 가만히 듣고 있으면 가장 많이 들리는 소리가 산타 크루우~~즈다. 특히 우를 길게 내뱉는 목소리가 재미있어서 혼자 따라 해 본다. 산타크루우우우즈~ 산타크루즈Santa Cruz는 볼리비아 북부에 있다. 또 재미있는 지명은 코차밤바, 여기 수크레도 재미있는 이름이다. 처음에 소쿠리인 줄 착각했다.

야간버스는 아무리 버스 시설이 좋아도 몸이 피곤하다. 수크레에서 19시 30분에 출발해서 13시간만인 07시 40분에 라파즈 버스터미널에 도착했다. 원래 7시 도착인데 남미에서 버스 도착시간은 믿을 수가 없다. 푸노행 버스가 07시 30분과 08시에 있는 걸 알고 있어서 후다닥 내려 터미널 건물 안으로 진입하니 PUNO가 눈에 딱 보이는 부스가 있었다. 얼마냐고 물어보니 150볼(25,000원)이다. 깎을 생각

도 없이 바로 결재하고 어디서 버스를 타느냐고 물어보니 부스 앞에서 기다리란다. 주위를 둘러보니 매점이 있었다. 형편없이 보이는 햄샌드위치랑 사과 한 알을 13볼(2,000원) 주고 사고 있으니 직원이 와서 푸노라고 외치며 따라오라고 한다. 버스는 까마였고, 라파즈를 출발한 지 3시간만인 11시 30분에 데사구아데로라는 국경 지역에 도착했다. 여기 국경 이미그레이션은 희한하게 아니 아주 편리하게 한 사무실에 볼리비아와 페루의 이미그레이션 책상이 나란히 같이 붙어 있다. 여행자로서는 이보다 더 편한 것이 없다.

국경 통과

볼리비아 출국심사 하는데 뜬금없이 촬영한다? 입국도 아니고 나가는데 왜 얼굴 사진 찍지? 암튼 한번 찍혀주고 바로 옆줄로 가서 페루 입국심사를 했다. 무뚝뚝하게 생긴 페루 남자가 여권만 뚫어져라 보더니 얼굴 한번 안 보고 도장 찍어준다. 이어서 바로 짐 검사다. 배낭 열어 손 한번 쑥 집어넣더니 통과했다. 그리고 건물 밖을 나오니 타고 왔던 버스가 대기해 있다. 버스를 타면 항상 버스 번호가 나오는 사진을 찍어두는 습관이 필요하다. 버스들이 많아 헷갈려 엉뚱한 버스를 탈 수 있다.

볼리비아와 페루 국경 출입국 심사소는 두 군데 있는데 데사구아데로Desaguader와 코파카바나로 가는 윤구요Yunguto가 있다. 지도에 분홍 화살표가 코파카바나 윤구요 출입국 심사소이고 파란 화살표가

데사구아데로 출입국 심사소다. 데사구아데로 국경사무소는 윤구요
와 달리 환전소, 매점이 없다. 오직 국경사무소 건물만 있다. 12시
20분 출입국 절차가 끝나고 버스는 페루 푸노를 향해 출발했다. 이제
곧 페루 입성이다.

볼리비아 여행 후기

역시 날씨 운이 좋아야 하는 우유니다. 투어하는 날 구름이 잔뜩
끼고 비까지 흩뿌리는 날이었다. 투어비가 결제가 돼서 갔지만 '개 폭
망'이었다. 투어 제목이 선셋 스타라이트인데 제목 그대로 일몰은 아
예 사라졌고 별도 구름에 가려져 어쩌다 한, 두 개만 보였다. 수크레
의 첫인상은 지독한 매연이었다. 그나마 도착 다음 날이 일요일이라
차량이 별로 없어서 다행이었다. 구경은 센트로(중심가)는 워낙 좁아
30분이면 끝나고 좀 떨어진 수크레 공동묘지는 가볼 만했다. 물가가
워낙 저렴해 장기여행자들의 휴식처라 할만하다.

제5장 페루

 페루 지도는 1825년 제정되었고 빨간색은 독립 영웅들의 피와 흰색은 평화를 상징한다. 가운데 방패 문장은 페루의 대표적인 동물, 식물, 광물의 풍요로움을 상징한다. 방패 문장 위에는 월계관이 있고 왼쪽에는 월계수 잎이, 오른쪽에는 야자수 잎이 방패 문장을 감싸고 있다.

1월 22일(화요일) 볼리비아 라파즈에서 08시에 출발한 버스는 데사구아데로(Desaguadero)에서 출입국 심사를 받고 13시경 휴게소가 아닌 길거리 식당, 매점에서 정차해 휴식을 했다. 페루 돈인 '솔'이 없어 버스 안에서 비상식량을 먹었다. 12시가 쯤 버스 직원이 포크 하나씩 나누어 준다. 차내식? 이러고 있는데 진짜 도시락을 나누어 준다. 비상식량을 괜히 먹었다. 최소한 티켓에 이 버스는 차내식이 포함되어있다는 문구라도 좀 적어놓지. 도시락은 후~ 불면 날아갈 듯한 밥과 닭고기, 채소볶음이었다. 물론 버스마다 다 주는 것은 아니겠지만 이 버스는 Continente회사다. 까마(좌석배열 2×1)로 되어있고 좌석은 160도 정도로 많이 눕혀진다. 타자마자 차량 건빵 같은 과자도 한 봉지씩 준다. 화장실은 있는데 충전 콘센트나 등받이 스크린은 없었고 차내는 좀 더웠다. 티티카카 호수가 보이기 시작했고 얼마 안 가서 페루 푸노-Pono에 도착했다.

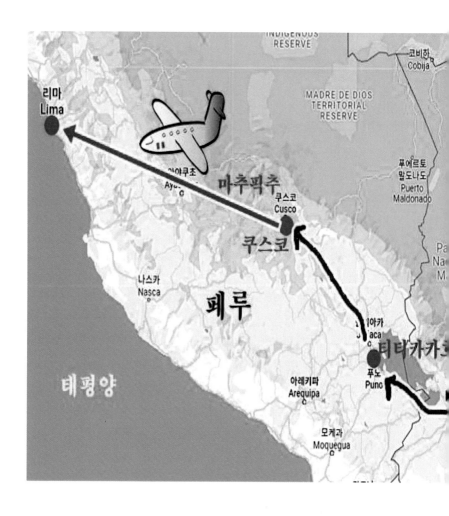

●라파즈 ~ 푸노 ☞ 버스 7시간

●푸노 ~ 쿠스코 ☞ 버스 8시간

●쿠스코 ~ 리마 ☞ 비행기 1시간 30분

01 푸노 (티티카카 호수)

푸노에 내려 모레 갈 쿠스코 버스 시간표 보고 은행으로 갔다. ATM에 카드 넣고 인출을 시도했으나 안 돼서 은행 창구에서 환전했다.(100달러 328.4솔) 일단 호주머니에 돈이 있으면 든든해서 좋다. 잉카 호스텔에 2박으로 체크인하고 40솔(13,500원)을 주었다. 짐 풀어놓고 동네 구경 나섰다. 호스텔 부근에 대형마트가 있다고 해서 그쪽으로 가는데 클라로Claro가 눈에 딱! 들어왔다. 바로 들어가서 상담하니 1기가 30일 사용에 40솔(13,500원)이란다. 좀 비싸 보였지만 결제하고 페루 유심을 장착했다. 클라로는 멕시코에서도 된다니까 다행이다. 클라로 유심 가게 맞은편 대형마트 2층에 올라가서 뷔페식 저녁을 먹었다. 생선은 티티카카 호수에서 잡히는 투루차Trucha(송어)이고, 과일(수박, 파파야, 망고), 채소 샐러드, 스파게티, 잉카 콜라 1병으로 계산해보니 13.6솔(4,600원)이 나왔다. 잉카 콜라Inca Kola는 산티아고에서 처음 맛을 보았는데 한 모금하면 입 안에서 여기저기 톡톡 쏘며 새콤달콤한 맛이 감도는 특이한 맛이다. 산티아고 이후 식사할 때마다 사 먹었는데 이걸 수입을 해볼까 할 정도로 내 입에는 딱 이었다.

티티카카호수의 우로스섬

새벽에 창문을 두드리는 비가 왔지만, 아침에는 맑아졌다. 호스텔 무료 조식이 하루 숙박비 7천 원 치고 괜찮았다. 빵, 치즈, 햄, 토마토, 요구르트, 바나나, 커피 등이 나왔다. 아침밥 잘 먹고 좀 쉬었다가 오전 10시쯤 구글 지도를 보고 선착장으로 걸어서 갔는데 약 20여 분

걸린 것 같다. 우로스섬을 투어하는 프로그램도 있는데 비싸 보여서 그냥 현지인들이 이용하는 배를 타고 가기로 했다. 선착장 입구부터 호객꾼들이 붙는다. 쳐다보지도 않고 입구까지 와서 물 한 병 (625ml) 2솔(670원)에 사고 있는데 인상이 매우 착하게 생긴 남자가 애처롭게 우로스? 한다. 얼마냐고 물어보니 15솔이란다. 그래서 따라갔다. 결론은 배 이용료 10솔에 입장료 3솔이다. 나머지 2솔은 이 착하게 생긴 남자가 먹는 것 같다. 2솔 이래 봐야 670원밖에 안 돼서 모른척했다. 호객꾼 없이 직접 발권하면 보트 10솔(3,400원)과 입장료 3솔(1,000원)이다.

Titicaca호수는 해발고도 3,812m로 지구상에서 배가 다닐 수 있는 가장 높은 위치의 호수다. 면적은 제주도의 5배이고 페루와 볼리비아에 걸쳐 있는데 고도가 높아 숨이 좀 거칠어졌다. 조그마한 배에 페루 현지인들로 가득 찼다. 배가 언제 떠날지는 모른다. 아마도 만선이 돼야 떠날까? 배 안에 이리저리 살펴봐도 구명조끼는 보이지 않았다. 페루 국기를 단 배는 양쪽 갈대밭 사이 수로를 지나가고 있다. 11시 출발해서 약 30분 걸려 우로스섬에 도착했다. 작은 섬인 줄 알았으나 둘러보니 거대한 곳이다. 호수 위를 곳곳이 갈대를 깔아 많은 동네가 형성되었다. 우로스섬은 토토라 뿌리를 잘라서 줄로 엮어 뗏목을 만들고 그 위에 바싹 마른 토토라 줄기를 덮는다. 그 위에 해마다 새로운 토토라를 덮어준다. 물 위에 뜰 수 있는 것은 토토라의 뿌리가 머금은 공기 덕분이다.

티티카카호수에는 이 같은 인공 섬이 50여 개쯤 떠 있다. 열댓 명이 사는 동네 섬부터 수백 명이 생활할 수 있는 크기까지 규모가 매우 다양하다. 학교나 교회가 있는 섬도 있다고 한다. 방문한 곳은 집이 8채로 갈대로 지어진 작은 동네인데 타고 온 보트가 이 동네 소속인가 보다. 배에 내려 발을 디뎌보니 푹신한 양탄자를 밟는 것 같은 느낌이었다.

다들 배에서 내려 한 장소에 둘러앉아 책임자로부터 우로스섬에 대한 일장 연설을 들어야 했다. 스페인어라 들어도 모르지만, 티티카카의 전반적인 소개와 갈대로 만들어진 주거지 소개도 있었고 마지막에는 상품 소개까지 해서 약 30분 정도 진행되었다. 안내가 끝나고 각자 집안을 둘러보는 시간을 갖는다. 마지막에는 갈대로 만든 배에 태운다. 배가 출발하기 전에 원주민들이 나와 무슨 노래를 불러준다. 필자는 별 관심이 없어 타지 않았다. 과연 공짜일까? 유심히 보고 있는데 노래 부르다가 한 여자가 배 안으로 들어가서 돈을 거두는 것 같다. 나중에 이 전통 배를 탔던 관광객에게 물어보니 10솔(3,400원) 주었단다. 10솔이면 바가지 수준이다.

갈대 배는 동력이 없고 뒤에서 보트가 운전해야 간다. 동네를 천천히 둘러보니 부엌도 조리 기구도 이불도 살림살이가 전혀 없다. 집안은 거의 기념품들로 가득했다. 이곳은 주거지가 아닌 영업장이며 아마도 출퇴근해서 먹고사는 것 같다. 갈대로 만든 배를 탄 관람객들이 부근에 있는 휴게소로 떠나자 남아있는 몇몇 관광객을 태운 배는 휴게소로 가서 합류했다. 휴게소에는 커피랑 간단한 스낵을 파는 매점과 여기 호수에서 잡았다는 투루차 구이 정식을 파는 식당이 있었다. 레스토랑 메뉴를 보니 트루차가 17솔(6,000원)로 그리 비싸지는 않지만 여기 사는 사람들에게는 비싼 편이다. 내어 오는 투루차(송어)를 보니 오래된 기름에 튀긴 듯 매우 검었다. 필자는 먹지 않았고 커피 한잔했다. 여기 한국인들이 얼마나 많이 오는지 커피를 내주는 직원이 한국어로 감사합니다. 하며 인사한다.

개인적인 생각인데 티티카카가 주는 이국적인 지명과 해발 3,900m 위에 있는 호수 그리고 그 위에 갈대밭과 갈대집들이 주는 호기심 이런 것들이 발걸음하게 만들지만, 너무 장삿속이라서 티티카카의 환상은 어느 정도 깨어지고 그냥 갈대밭 위를 한번 밟았다는 것 그 외는 아무것도 없었다. 14시 관람을 모두 끝내고 다시 돌아왔다. 버스터미널 가려고 툭툭이를 탔다. 툭툭이는 캄보디아에서 타고는 처음이다. 오토바이를 개조한 차량으로 운전석과 승객석이 구분되어 있었다. 도보로 약 20여 분 거리를 3솔(1,000원) 주고 타고 갔다.

터미널에 도착해서 버스회사 부스마다 내일 아침에 쿠스코로 가는 버스가 있는지 물어보니 다들 아침 출발은 없고 야간 버스밖에 없단다. 그래서 우물쩍거리고 있는데 웬 아주머니가 팸플릿을 보여주며 아침에 출발하는 버스가 있단다. 아주머니를 쫄래쫄래 따라갔더니 분위기가 썰렁해 보이는 사무실로 데리고 갔다. 내일 08시 30분 푸노 출발 쿠스코 도착 60솔(20,000원)을 부른다. 비싸다고 좀 깎아 달라고 하니 계산기에 55를 찍어 보여준다. 밑져봐야 본전이라고 다시 50을 찍어 보여주니 고개를 끄떡이며 돈을 달란다. 티켓을 줘야 돈을 줄 수 있다니까 이 아주머니 괜찮다고 하며 5분만 기다리면 티켓을 가져오겠단다. 사기꾼이 아닐까 하고 의심이 들었지만 꼬질꼬질한 팸플릿이며 행동거지가 사기꾼은 아닌 것 같고 돈도 17,000원이라 일단 믿어 보기로 했다.

아주머니는 돈을 들고 어디론가 갔는데 잠깐사이에 별별 생각이 다 들었다. 바보같이 남미까지 와서 사기나 당하고, 그 아주머니 따라가야 하는 데 제길~ 하며 사무실 내부를 보니 그 흔한 컴퓨터도 없고 책상과 의자만 덩그러니 놓여있었다. 잠시후 아주머니가 돌아와서 인쇄된 티켓을 준다. 내일 늦어도 8시까지 와서 터미널 피(터미널 사용료)를 내고 6번 게이트에 서 있으면 된다고 한다. 친절하게도 6번 게이트까지 데리고 가서 보여준다. 괜한 오해를 해서 미안한 마음 가득 안고 그라시아스를 여러 번 외치고 그 아주머니와 헤어졌다. 험한 세상 살려면 어쩔 수는 없으나 큰돈 아닌 소소한 돈으로 세상을 왜곡하지 말자. 하지만 가랑비에 옷 젖는다는 속담도 있다.

1월 24일 (목요일) 날씨는 구름이 몰려와 파란 하늘은 볼 수 없었다. 조식을 먹고 배낭 메고 버스터미널까지 걸어갈까 생각 들었으나 어제 탄 툭툭이가 떠올라 길가에 세워진 툭툭이를 탔다. 툭툭이는 잘 가다가 교차로에서 한 차례 시동이 꺼졌고 다시 시동 걸어 출발하던 순간에 옆에서 오토바이가 쾅~ 하고 들이 박았다. 오토바이는 나뒹굴어졌고 넘어졌던 오토바이 운전사는 별 탈 없이 일어났다. 주변 사람들이 모여들어 시시비비를 다투었다. 상황이 여의찮아서 3솔(1,000원)주고 버스 터미널까지 걸어갔다. 위험은 예고 없이 항상 도사리고 있다. 조심해야 한다.

쿠스코까지 타고 갈 Transzela 버스는 까마(좌석배열이 2×1 우등) 버스다. 화장실이 있고 충전 콘센트가 위에 달려 있는데 불통이다. 좌석은 160도 눕혀진다. 바퀴가 앞뒤로 4개씩 있어야 하는데 필자가 탄 버스는 앞 2개 뒤 4개다. 앞뒤 4개짜리보다 승차감이 좀 떨어진다. 좌석에 앉아 의자를 눕혀보니 아주 편하다. 주변 풍경은 아르헨티나와 칠레의 완전 황무지와는 달리 페루는 달리는 내내 푸른 들판을 보여주었고 가끔은 사람이 사는 동네도 나오고 풀 뜯는 소떼들도 보였다. 작물이 자라고 있는 밭들도 보이고 구획정리는 안 되어 보였지만 경작을 한 흔적들이 보였다. 버스가 푸노를 떠난 지 2시간 만에 줄리아카에 들어서자 페루 경찰들이 올라와서 험하게 생긴 사람들만 신분증 검사를 하고 내려갔다.

02 쿠스코

16시 30분경 쿠스코 버스 터미널에서 택시 호객을 뿌리치고 5분 거리에 있는 잉카 황제 피차쿠티 동상을 보러 갔다. 잉카 제국을 창시한 국왕인데 그가 제위한 때는 잉카 제국의 처음이자 마지막 전성

기 시대였다. 동상을 보고 부근 버스 정류장에서 17번 버스를 타고 약 15분 후 아르마스 광장에서 내렸다. 버스비는 0.8솔 300원 주었다. 아르마스 광장은 사람이 너무 많아서 정신이 없었다. 일단 코코벨리 호스텔에 짐을 풀었고 마침 호스텔에 상주하는 여행사가 있어서 마추픽추 투어를 물어보니 최소경비가 147달러란다. (160,000원) 헉~ 누굴 호구로 아나? 알았다고만 하고 나와서 환전하고 분위기 파악부터 했다. 일단 오늘은 장거리 버스를 타서 피곤하니 좀 쉬어야하고 내일 작전 계획을 짜서 모레 마추픽추 가기로 했다.

마추픽추는 계륵과 같은 존재다. 남미 여행 계획을 짜면서 가장 보고 싶었던 곳은 이과수 폭포랑 피츠로이 정도였지 마추픽추는 사실 별로 마음에 들지 않았다. 물론 개인 차이는 있지만 비싼 돈(교통비랑 입장료) 들여서 올라가 봐야 돌덩이 밖에 더 있나 싶었다. tvN '꽃보다 청춘'에서 연예인이 마추픽추를 보고 하염없이 눈물을 흘렸다고 하던데 글쎄다 잉카 제국 후손도 아니고 흘릴 눈물이 있으면 고국 산천보고 흘리는 것이 정상이 아닐까 한다.

마추픽추는 입장료만 5만 원이 넘었고 마추픽추로 가는 포장도로를 만들지 않고 철길만 깔아서 기찻값을 비싸게 받고 있다. 그럼 쿠스코에는 왜 왔냐고 하겠지만 쿠스코는 옛 잉카 제국의 본산이다. 쿠스코만 해도 볼거리가 천지다. 그런데 마추픽추를 옆에 두고 쿠스코만 보고 가기가 좀 그렇다. 남들 다 가니까 안 갈 수도 없다. 가자니

경비가 만만치 않고 그래서 욕하면서도 사람들은 간다. 마추픽추 입장료랑 기찻값은 해마다 오른다. 그리고 마추픽추도 너무 많은 사람이 몰리니 입장을 제한하고 있다. 이러다간 돈 없는 배낭여행자들은 못 볼 수 있다. 어쨌든 최소경비로 다녀와야겠다.

나의 마추픽추 루트를 정리해 보면
1일 차
쿠스코 → 히드로 일렉트로니카 : 콜렉티보(밴) 7시간
히드로 → 아구아스 깔리엔떼 : 트레킹 3시간
아구아스 칼리엔떼 하루 숙박

2일 차
아구아스 칼리엔떼 → 마추픽추 입구까지 버스(왕복 24달러)
마추픽추 구경 : 06시~11시
아구아스 칼리엔떼 → 히드로 일렉트로니카 : 트레킹 3시간
히드로 → 쿠스코 : 콜렉티보(밴) 7시간

총 요금은
마추픽추 입장료 : 51,000원(페루 정부 공시가격)
콜렉티보((밴) 왕복 : 20,000원
숙소 : 12,000원
마추픽추 입구까지 왕복 버스 : 27,000원(24달러)
합계 110,000원 (식대 제외)

아마도 이 경비가 일반적인 최저 경비가 아닌가 생각 든다.

아구아스 깔리엔떼에서 마추픽추 입구까지 버스비(약 15분 운행)는 편도 12달러, 왕복 24달러인데 이런 버스비 폭리에 분기탱천(憤氣撐天)한 젊은이는 걸어서 올라가고 내려온다. 걸어가면 약 1시간 30분 걸리는데 급경사(돌계단)로 체력 소모가 많다. 그래서 올라갈 때는 좀 분하지만 참고 버스를 타고 내려올 때는 걸어서 내려오는데 이것도 만만치는 않다.

●돈 있는 여행자는 보통 기차와 버스를 섞어서 간다.
(이 방법은 최소 250달러에서 300달러는 한다.)
1일차
쿠스코 ~ 오얀따이땀보 : 콜렉티보(밴)
오얀따이땀보 ~ 아구아스 깔리엔떼 : 기차

2일차
아구아스 칼리엔떼 → 마추픽추 입구까지 버스(왕복 24달러)
아구아스 깔리엔떼 ~ 오얀따이땀보 : 기차
오얀따이땀보 ~ 쿠스코 : 콜렉티보(밴)

●최고의 편안한 루트는 쿠스코에서 기차를 타고 아구아스 깔리엔떼까지 가서 다음날 버스로 마추픽추 왕복으로 다녀오는 것이 가장 편안한 여행이다.

아르마스 광장
배꼽이란 뜻을 가진 쿠스코는 해발 3천400m의 안데스산맥 분지에 있는 인구 약 26만 명의 도시다. 잉카인들은 여기가 세계의 중심이라고

믿고 이곳을 수도로 삼아 쿠스코란 이름을 붙였다고 전해진다. 한때 100만여 명이 거주했던 도시답게 오랜 문명의 흔적이 여기저기에 남아있다. 이 때문에 페루뿐 아니라 남미 여행의 백미로 꼽히는 세계적인 관광도시로 이름을 날리고 있다. 광장 중앙에는 잉카 최후의 저항세력이었던 투팍 아마루의 동상이 서 있다. 투팍 아마루는 부왕으로부터 왕위를 이어받았지만 스페인 군대가 쳐들어오자 빌카밤바로 도망쳤다. 교전 끝에 붙잡혀 쿠스코로 끌려와서 죽임을 당했다.

산 페드로 시장

아르마스 광장 부근에 있는 산 페드로 시장 2층으로 올라가면 식당가와 각종 기념품 상점이 있다. 식당가에는 '칼도 데 뽀요'를 파는데 닭백숙이랑 똑같다. 닭을 푹 고운 육수에 닭 다리 하나, 감자, 달걀, 국수가 들어있는데 한 그릇에 5솔(1,700원)로 참 착한 가격이다. 현지인들과 관광객들 틈에 앉아서 닭국수 한 그릇 맛있게 먹고 아르마스 광장 쪽으로 내려오는데 어디서 달달한 냄새가 난다. 사람들이 연신 들락날락하는 가게에 가보니 튀겨지자마자 바로 없어질 정도로 인기가 많은 꽈배기다. 단돈 1솔(300원)이고 빵은 쫀득하고 끝 무렵에 캐러멜이 들어있다. 튀김 기름이 좀 시커멓게 변했지만, 핵 꿀맛이다.

돌의 도시 쿠스코

아르마스 광장에서 라 콤파니아 데 헤수스 교회 왼쪽으로 난 로레토 골목을 어슬렁거려 본다. 쿠스코는 골목 구석구석에 여전히 잉카의 흔적이 짙게 숨어 있다. 잉카 시대의 석벽이 완벽히 그냥 그대로 있어서 여기를 걷다 보면 마치 그 시대로 돌아간 듯 착각이 든다. 도시 곳곳이 돌 천국이다. 바닥, 기둥, 어느 한 곳도 돌이 없는 곳이 없다. 이 많은 돌은 어디서 가져왔을까? 12각 돌이 역사박물관 담벼락에 있다고 해서 갔다. 잉카인들의 석조 기술은 신의 기술이다. 같은 크기의 돌을 쌓아 올리는 방식이 아닌 서로 다른 모양과 크기의 돌들을 조금씩 엇갈리게 하면서 완벽하게 틈새를 맞추는 기술이다. 돌과 돌 사이엔 바늘 하나 들어가지 않을 정도로 빈틈이 없었다. 현재 박물관으로 사용하는 건물의 외부 벽에 '12각의 돌'이 있다. 꼭짓점을 헤아려 보면 딱 12개다. 돌들이 하도 많아서 어느 돌이 12각 돌인지 찾기가 그리 쉽지 않지만, 사람들이 모여서 사진 찍는 곳이 12각 돌이 있는 곳이다.

꼬리칸차(Qorikancha)

모든 생명의 근원이자 세상의 빛인 태양을 숭배했던 잉카인들은 9대 왕인 파차쿠텍 시절에 태양의 신전을 지었다. 태양의 신전 내벽은 물론 외벽도 태양과 가장 가까운 색인 황금으로 칠했으며 각종 조형물도 황금으로 만들었다. 이렇게 화려하게 지어진 신

전이 바로 꼬리칸차다. 꼬리는 황금이고 칸차는 장소라는 뜻이다. 즉 황금이 있는 장소였다. 그러나 스페인의 침략으로 잉카인의 신성한 장소인 꼬리칸차 일부를 허물고 사진처럼 산토 도밍고란 교회를 세웠다. 이 때문에 잉카 신전의 기본 석벽이 교회를 받치고 있는 모습을 볼 수 있다. 1650년과 1950년 두 차례 대지진이 있었지만, 잉카인들이 지은 석벽은 그대로였고 교회만 크게 파손됐다. 잉카의 뛰어난 석조 기술을 알 수 있는 대목이다. 스페인 침략자들은 꼬리칸차에 있는 모든 황금을 뜯어내 녹여 스페인으로 가져갔다. 한때 유럽에서 잉카의 황금으로 금값이 폭락했을 정도로 황금을 싹쓸이했다. 목숨만 살려주겠다는 스페인 침략자들에게 속아 모든 황금을 바친 잉카 마지막 왕인 아따우알파는 결국 살해되고 300년 역사의 찬란했던 잉카제국은 사라졌다.

쿠스코 대성당

아르마스 광장 중앙에는 스페인 정복자들이 지은 쿠스코 대성당이 버티고 있다. 잉카의 토속 비라꼬차 신전을 헐고 만든 것으로, 성당 내부에는 금과 은으로 장식한 수많은 제대와 종교화가 빈틈없이 성당을 채우고 있다. 스케일은 큰데 내부 장식은 굉장히 촌스러웠다. 성화는 물론 중세화는 어둡고 칙칙했고 토속 화가들이 그린 것이라 그리 작품성은 없어 보였다. 차라리 아타카마 마을에 있는 작은 산페드로 교회가 더 볼 것이 많았다.

아르마스 광장 야경

대낮처럼 밝은 아르마스 광장 벤치에 앉아 캔맥주 하나 놓고 멍하니 바라보면서 이국의 정취를 느껴보는 것도 괜찮을 것 같다. 쿠스코 아르마스 광장의 밤. 오늘은 어떤 아름다운 스토리가 나오지 않을까?

마추픽추 입장권

1월 25일(금요일) 날씨는 구름이 잔뜩 몰려있고 아침, 저녁으로는 추웠다. 오늘은 마추픽추 티켓을 확보하는 날이다. 가는 방법을 여러 가지로 생각했으나 투어는 안 하고 개인이 직접 가는 걸로 정했다. 마추픽추 입장권을 판매하는 곳이 아르마스 광장 부근이고 구글 지도에서 찾았다. 입장권은 페루 돈으로 152솔(약 51,000원)이다. 비싸지만 이건 페루 정부가 정한 금액이라 어쩔 수 없다. 내국인은 이 금액의 1/10 수준이다. 티켓을 사고 나오는데 페루 남자가 다가와서 마추 픽추 투어를 권한다. 투어는 필요 없고 쿠스코에서 히드로 일렉트로 니카로 가는 왕복 콜렉티보(미니버스)가 필요하다니까 따라 오라고 한다. 티켓 사무소 바로 앞에 있는 건물로 따라 들어갔다. 건물 안으로 들어가니 가운데 정원이 있고 정원을 둘러싸고 사무실이 여러개 있었다. 왕복 요금이 얼마냐고 물어보니 65솔이란다. 5솔을 깎아서 60솔(20,000원)로 예약했다.

내용은 내일 아침 7시 아르마스 광장에서 미니밴으로 출발해 히드로 일렉트로니카까지 약 7시간 걸리며 중간에 식사할 수 있는 식당에도 정차한단다. 그다음 날 늦어도 오후 3시까지는 히드로 일렉트로니카에 와야 탑승할 수 있고 쿠스코에는 밤 10시쯤 도착이라는 설명을 들었다. 아구아스 깔리엔떼에 묵을 숙소는 35솔(12,000원)에 부킹닷컴에서 예약을 완료했다. 총 요금은 마추픽추 입장권(51,000원)과 콜렉티보 밴 왕복(20,000원), 아구아스 깔리엔테 숙박비(12,000원), 숙소에서 마추픽추 왕복 버스비(27,000원) 합계 110,000원이었다.

03 마추픽추
 # 마추픽추 가는 길 그 험난한 여정
1월 26일 (토요일) 내일 아침 일찍 출발이라서 지난밤에 생수, 비상식량(바나나, 사과, 비스킷), 물파스, 우의, 여권 등을 미니백에 챙겨 넣고 배낭은 호스텔 창고에 맡겼다. 그리고 잠을 자는데 헉! 마추픽추 입장권이랑 콜렉티보 밴 티켓을 안 챙기고 배낭을 맡긴 생각나서 시계를 보니 새벽 1시다. 후다닥 호스텔 리셉션에 내려가 보니 불

이 꺼지고 아무도 없다. 순간 낭패? 이리저리 둘러보니 리셉션 카운터에 초인종이 보였다. 눌렀더니만 누군가가 나타나서 자초지종을 설명하고 배낭 보관창고에 가서 티켓을 꺼냈다. 요즘 들어 자주 깜빡깜빡거린다. 여행이 이제 겨우 반환점에 들어섰는데 벌써 모자랑 티셔츠 2벌을 잊어버렸다. 정신 놓고 다니다가 남미에서 미아가 될지도 모른다.

마추픽추는 돈만 있으면 편안하게 기차를 타고 갔다 올 수 있는데 밑바닥 배낭여행 스타일이고 보니 험한 길을 선택했다. 루트는 쿠스코에서 콜렉티보 벤을 7시간 타고 트레킹 시작점인 히드로 일렉트로니카에 도착한다. 시간도 그렇지만 비포장에다가 천 길 낭떠러지 길을 가야하고 히드로에서 내리면 약 3시간 트레킹을 해야 마추픽추로 가는 마을인 아구아스 깔리엔떼에 도착한다. 여기서 1박을 한 후 다음 날 마추픽추에 오르게 되는 험난한 여정이다.

아침 7시 아르마스 광장에서 어슬렁거리고 있으니 어떤 남자가 이상한 발음으로 내 이름을 부른다. 대답하니 골목에 주차된 벤으로 안내한다. 벤에는 이미 서너 명의 외인들이 타고 있었다. 잠시 후 여행객들로 가득 차서 09시 20분에 출발했다. 오얀따이땀보를 거쳐서 수십 개의 산을 넘어가는데 버스가 구름 위로 가고 있었다. 11시 40분쯤 차들이 멈추었다. 산사태가 났다. 도로에는 진흙탕 물이 콸콸 넘쳐흘러 길인지 도랑인지 구별이 안 되었지만 차는 그대로 통과했다.

산타마리아부터는 비포장도로인데 매우 위험한 길이다. 창가 좌석에 앉았는데 내려다보니 천 길 낭떠러지가 바로 코앞에서 보였다.

아찔하다. (운전사 쪽 좌석) 아래는 까마득하게 우루밤바강이 보였다. 멀리서 봐도 진흙탕물이 사납게 흘러간다. 산타 데레사를 거쳐 13시 40분 히드로 일렉트로니카에 도착했다. 가슴 졸이던 데스 로드가 끝나고 이제는 마추픽추 아랫마을인 아구아스 깔리엔떼까지 트레킹을 해야 한다. 같이 밴을 타고 온 외인들은 주차장 부근에 있는 식당에서 점심을 먹는데 메뉴를 보니 닭요리도 없고 별로라서 패스하고 바나나로 점심을 때웠다. 13시 50분 트레킹 출발하기 전 검문소에 이름과 국적 나이를 적었다. 초반 오르막 약 10여 분 올라가면 거의 평지이고 철길을 따라 걸어간다. 돈 있는 여행자들이 타고 가는 페루 레일이 기적소리를 내지르며 지나간다. 갑자기 비가 와서 우의를 입었다. 그동안 배낭 저 구석에 처박아 두고 배낭 무게 때문에 언제 버릴까 하고 늘 고민했는데 오늘 쓰일 줄이야 몰랐다. 17시에 아구아스 깔리엔떼 마을 입구에 도착했다.

저녁으로 투루차(생선요리)를 먹었다. 흰밥, 투루차, 채소, 생선 밑에는 감자 튀김을 깔았다. 투루차를 맛있게 먹고 33솔(11,000원)을 주니 40솔(13,400원) 달란다. 아니 메뉴판에는 분명히 33솔인데 왜 그러냐고 따지니 7솔(2,300원)은 세금이란다. 젠장 그러면 메뉴판에 40솔을 표기해야지 관광지 버르장머리는 한국이고 외국이고 다 똑같다.

드디어 마추픽추 정상에 서다

1월 27일 (일요일) 아침 6시 눈뜨자마자 밖을 보았다. 날씨는 파란 하늘에 햇빛 쨍쨍하다. 주섬주섬 옷을 입고 호스텔 로비에 나가서 코카잎을 우려낸 차 한잔 마시고 호스텔 측에서 마련해준 도시락을 챙겨서 나왔다. 저 앞쪽에 버스를 타려는 관광객들의 줄이 기다랗게 늘어져 있고 상가들은 아직 문을 열지 않은 이른 아침이었다. 버스는 곧 만차가 돼서 마추픽추를 향해 굽이굽이 오르기 시작했다. 가끔 체력 좋은 젊은이들이 돌계단을 이용해서 걸어서 오르고 있었다. 이들에게 아낌없는 박수를 보내고 싶다. 사실 버스비가 너무 비싸다. 기껏해야 산꼭대기까지 20여 분 오르는데 편도로 13,000원을 받는다. 버스에서 내리니 바로 위에 입장 게이트가 있다. 통과해서 돌계단으로 10여 분 올라간다. 헉헉거리며 올라가니 짠~ 하고 마추픽추가 나타났다. 안개는 물론 구름 한 점도 없이 아침 햇살을 받아 이슬 머금은 영롱한 자태로 눈앞에 나타났다.

오전 6시에 호스텔에서 나와서 6시 20분에 버스에 타고 6시 50분 입장했다. 그리고 대망의 7시 05분 인생샷을 찍었다. 왜 시간대를 적는가 하면 7시에 인생샷을 찍을 때만 해도 사람이 거의 없어 자유롭게 찍었는데 30분 후에는 사람들이 몰려와 인생샷은 커녕 사진 찍으면 단체 사진이 나오는 것이다. 또 오후에 가면 역광 상태라 사진이 잘 안 나온다. 그래서 마추픽추는 날씨와 부지런함이 중요하다. 마추픽추에서 보이는 봉우리가 와이나픽추다. 설렁설렁 구경하며 one way 팻말만 따라

가니 출구가 나왔다. 8시 50분에 나왔으니 약 2시간은 본 셈이다. 이것저것 봤는데 어떤 내력이 담긴지는 별 관심도 없다. 그냥 휘리릭 보고 나왔다. 결국 인생샷 한 장 건지려고 마추픽추 갔나 보다.

이제 쿠스코로 돌아가는 콜렉티보를 타야 한다. 약속 장소인 히드로 일렉트로니카까지 2시 30분 늦어도 3시까지는 도착해야 콜렉티보를 탈 수 있다. 물론 늦게 도착해 놓쳐도 쿠스코까지 30솔 정도 내면 다른 콜렉티보를 탈 수 있다. 히드로 일렉트로니카 콜렉티보 주차장은 두 군데인데 원래 내렸던 곳에서 기다렸다가 타면 된다. 별도로 돈 주고 타려면 콜렉티보 주차장 입구서부터 호객꾼들이 붙는다. 이 사람한테 흥정해서 타면 되고 막차는 몇 시인지 모른다.

09시 20분경 어제 힘들게 걸어왔던 길을 다시 걸었다. 오늘은 마추픽추에서 출발을 빨리했다. 왠지 더 이상 머물고 싶은 생각이 없었다. 콜렉티보 주차장에서 쿠스코로 돌아갈 콜렉티보에 탑승했다. 어제 산사태로 붕괴한 도로가 오늘은 차량 통행이 금지돼서 차에서 모두 내려 나무다리로 건너갔다. 강 건너편 도로에 대기하고 있는 다른 차량에 탑승했는데 불편에 따른 사과나 보상은 없고 오히려 차량 트랜스퍼라고 10솔을 내란다. 참 어이가 없다. 그러면 애초에 왕복 계약은 왜 했나? 참으로 희한한 셈법이다. 차를 갈아타고 천 길 낭떠러지 길을 가는데 갑자기 짙은 안개가 가득히 밀려와 시계가 흐렸고 낙석으로 통행을 불편하게 만들었다. 말 그대로 데스 로드다. 만약 여기서 사고나 고장이라도 난다면 대책이 없다. 페루 정부는 마추픽추라는 걸출한 명소를 갖고 있지만 이에 걸맞은 도로 건설에는 인색하다. 불편하면 비싼 기차를 타라는 것이다. 오금이 저리는 위험 구간을 지나고 쿠스코가 저 멀리 보이기 시작했다.

마추픽추를 본 느낌 (개인적인 생각)

마추픽추는 빠삐용도 어쩔 수 없는 거대한 감옥이다. 우측에는 우루밤바강이 흐르고 사방은 천혜의 절벽으로 이루어졌다. 외부의 침략도 어렵지만 여기서 탈출하는 것도 쉽지 않다. 스페인 침략군의 군력으로 잉카족이 이곳으로 도망쳤다는 것은 분명히 알았을 것이다. 그럼에도 불구하고 쳐들어가지 않았던 이유는 잉카족이 스스로 나올 수 없는 산꼭대기에 감옥을 짓고 사는데 굳이 병력을 동원해 쳐들어갈 이유가 없는 것이다. 결국 마추픽추로 도망가서 세상과 단절하는 옥쇄로 역사에서 사라지고 말았다.

마추픽추에서 사라진 잉카족들

스페인의 침략으로 왕족들이며 고관대작들이 식솔과 하인들을 데리고 왔지만, 첩첩산중 산꼭대기에서 먹는 것은 몰라도 문명의 이기를 누릴 수는 없었다. 처음엔 결의에 찬 모습으로 살아왔지만 사는 것도, 어느 정도지 세상과 단절한 채로 대를 이어 살 수는 없었다. 세월이 흘러 야반도주가 일어나고 여기저기 텅 비어 나가니까 어느 날 잉카인들이 사라지고 껍데기 마추픽추만 남은 것이 아닐까 조심스레 추측해 본다. 잉카제국은 사라졌지만 아이러니하게도 돈이 되는 유산을 물려주었다. 관광객들이 뿌리는 돈으로 쿠스코는 번창하고 있다.

04 비바에어 비행기 Cancel, 보고타 공항 노숙

 # 비바에어 운항 취소

1월 31일 (목요일) 쿠스코 날씨는 먹구름이 지나가고 언뜻언뜻 파란 하늘을 보여준다. 오전 10시 호스텔을 체크아웃하고 휴게실에서 앉아 있다가 11시30분쯤 배낭 메고 슬슬 나왔다. 보딩 시간이 1시 50분이라 아직 이른 시간이지만 꽈배기 생각이 났다. 산페드로 시장 쪽으로 걸어가 1솔 주고 설탕을 듬뿍 바른 꽈배기를 한입 물었다. 바삭거리는 감촉과 이내 쫀득하고 잘 부풀어 오른 빵이 입안에 가득 찼다. 세상 부러울 게 없는 표정으로 코리칸차 쪽으로 내려갔다. 꽈배기를 다 먹을 즈음에 18번 버스가 왔다.

쿠스코 시내버스는 차장이 있다. 공항으로 가느냐고 물어보고 탔다. 약 30분쯤 공항 같은 건물에서 내렸다. 건물 너머 비행기가 안 보였다면 공항이라 보기에는 그냥 기다란 창고 같았다. 케리어를 끌고 들어가는 한 무리의 관광객이 보였다. 쿠스코 공항이다. 2층으로 올라가서 보안검사를 마치고 대기실에 앉아 있었다. 비바에어는 쿠스코에서 리마로 가는 비행기인데 52,000원 주고 티켓팅을 했다. 버스는 4만원에 20시간 걸린다. 비행기는 1시간 30분 걸리고 한 달 전에만 티켓팅해도 3만 원대였다.

비바에어는 저가 항공사라 사전에 웹 체크를 해야 하고 티켓을 프린트해야 한다. 웹 체크는 비바에어에 들어가서 코드 6자리 와 성을 넣고 진행하면 되는데 프린트가 문제다. 어제 프린트하러 쿠스코 길거리 다니면서 인터넷이라고 간판이 붙은 곳마다 프린트되냐고 물었다. 여기 쿠스코에서도 pc방이 많다. 한 pc방에 가니 프린트가 된다고 해서 pc 앞에 앉았다. 일단 네이버에서 내 메일을 열어야 하는데 네이버는 열리는데 메일을 보려고 하니 메일 주소와 비번을 요구한다. 주소를 치는데 골뱅이가 아무리 해도 안 돼서 주인에게 물어보니 alt 6 4를 치고 골뱅이를 누르면 된단다. 이렇게 해서 티켓을 찾아 주인한테 프린트해달라고 했다. 어휴 그냥 폰에 저장된 티켓으로 하면 안 될까? 비바에어!

남미 항공은 연착이나 결항이 많다고 들었는데 필자가 이용한 항공은 다 제시간에 뜨고 내렸다. 오늘 탈 비바에어도 방금 상황판에 정상 운항 사인인 'Confirmed'이 들어왔다. 잠시 후 게이트가 5번으로 확정되었다. 보딩 타임이 지났는데도 아무런 액션이 없다. 그러다가 상황판에서 지연Delayed이 들어왔다. 언제쯤 출발할까? 지루한 대기가 계속된다. 잠시 꾸벅꾸벅 졸고 있는데 고함이 들리고 시끌벅적하다. 무슨 일이 있나 하고 쳐다보니 비행기가 취소Cancelado되었으니 승객들은 아래층 비바에어 카운터에 가서 상담하란다. 승객들이 우르르 몰려 내려갔다.

비행기는 리마에서 여기 쿠스코로 와야 승객들을 싣고 다시 리마로 가는데 리마에서 비행기가 출발을 안 했다. 아니 그럼 컨펌 받고 게이트까지 확정된 것은 뭐냐? 갈 비행기가 없다는데 항의해 봐야 소용없다. 길게 줄이 이어지고 동작이 늦어서 제일 뒤쪽에 섰다. 고객들 일일이 항의받다 보니 하염없이 기다렸다. 그렇게 3시간 줄을 서고 카운터 앞에 섰다. 미안하다는 사과 한마디 없이 내일 오후 5시 비행기 있다. 시간 변경할 거냐고 묻는다. 안된다고 내일 리마에 늦어도 3시에는 도착해야 한다고 하니 비행기가 없단다. 결국 환불을 요청할 수 있는 비바에어 메일 주소 하나 달랑 준다. 어쩔 수 없다. 역시 여행이란 아니 세상살이가 내 맘대로 잘 안되는 게 이치다. 차라리 고생되더라도 12시간짜리 버스를 탈걸 몸 좀 편해지자고 비행기 예매했더니 캔슬이다. 공항 내 라탐 항공사 창구에 가서 132달러를 결제하고 내일 오전 티켓을 샀다. 이거라도 타고 가야 내일 보고타 거쳐 쿠바 아바나로 들어갈 수 있다. 내일 오전에 출발 안 하면 보고타에서 쿠바행 비행기 표 다 날린다. 저녁 먹고 공항 앞에 있는 호스텔에 들어와 제일 먼저 한 일이 비바에어에 환불 요청하는 메일을 보냈다. 내 돈 5만 원 빨리 돌려줘. 이래저래 쿠스코에서 하룻밤 더 잤다. 내일은 또 내일의 태양이 뜬다.

2월 1일 (금요일) 아침 8시30분쯤 나와 공항으로 갔다. 라탐 항공사 카운터에 길게 줄이 서 있다. 수화물도 없고 해서 티켓 자동 발급기에서 보딩 티켓을 뽑았다. 공항 2층에 올라가 카페에서 카푸치노 한잔과 엠빠다나 만두 한 개로 아침 식사했다. 어제처럼 비행이 캔슬되는 일은 없겠지. 비바에어 보다 라탐 항공이 조금 더 규모가 있지만 한번 당해보니 조심스러워진다. 이번 캔슬로 항공료가 10만 원 가까이 추가로 들었고 리마에 예약해둔 숙소 예약금 만원이 사라졌다. 망할 비바에어!!! 사과 한마디 없이 환불 안내 메일 하나 달랑 주는 태도는 한심스럽다. 고객 만족 서비스는 아마도 단어 자체를 모르는 것 같다. 당장이라도 변호사 고용해서 항공료와 취소에 대한 보상금 그리고 정신적 충격에 따른 위자료를 청구하고 싶지만, 변호사 살 돈이 없다. 그래서 SNS에 비바에어라는 글자만 보이면 조심하란 글을 올릴 생각 이다. 필자가 할 수 있는 일이라고는 고작 이 방법밖에 없다.

라탐 항공 보딩 타임이 지났는데 아직 게이트가 확정이 안 되었다. 불 안하다. 리마로 가는 게 이리 어려운지 아니면 쿠스코가 발목을 잡고 있는지 모르겠다. 만약 라탐마저 캔슬된다면 리마→보고타→아바나 항공권이 획 날아간다. 라고 생각하는 순간 상황판에 4번 게이트로 떴다. 힘든 리마행이다. 숨이 차고 어질어질한 쿠스코를 떠난다. 특별 히 고산증세는 못 느꼈지만, 오르막이나 조금 걸어가면 숨이 찬 것은 사실이다. 쿠스코 고도가 3,800m이고 리마는 거의 평지다 리마 도착 순간 모든 것이 편안해질 것이다. 참고로 남미에서 가장 고도가 높은 곳은 볼리비아 코파카바나 3,910m이고 다음이 페루 푸노 3,880m, 볼리비아 우유니가 3,710m, 라파즈가 3,670m, 칠레 아타까마 사막이 2,470이다. 국내 한라산이 1,947m인데 이에 비하면 높긴 높다.

리마행 라탐 비행기는 만석이 아닌 채로 이륙했다. 저 멀리 안데스 산맥이 보였다. 흔들림 없이 잘 가고 있고 필자도 폰을 꺼내 노트에 다 글을 적었다. 불과 1시간 조금 지나서 착륙한다는 기장의 방송이 있었고 곧 착륙했다. 더운 열기가 확 밀려왔다. 리마 → 보고타 항공 권은 어휴 또 비바항공이다. 이번엔 실수 없도록 해라! 보고타에 도착 하면 트렌스퍼로 가는 게 아니다. 왜냐면 보고타 → 아바나는 윙고 에어라인으로 항공사가 다르다. 보고타 도착하면 콜롬비아 입국심사 를 받고 나가서 윙고 항공사 카운터에 보딩 패스와 쿠바 여행자 카드 까지 구매해야 한다. 같은 항공사라면 리마에서 티켓을 2장 받아 보고타에서 입국심사 없이 트렌스퍼 통로로 가서 다음 비행기를 대기하면 되는데 좀 불편하다. 티켓값이 싼 만큼 여러 가지 불편이 따르는 건 당연하다.

리마 공항

리마 공항은 수도 공항답게 규모가 있다. 국내선에서 내려 나가니 각 항공사 카운터가 있고 비바에어 창구도 4개나 열려있다. 비바에어 창구에서 QR 코드가 있는 폰 탑승권을 보여주며 이거 유효하냐고 물어보니 직원이 그거는 안 되고 아래층에 가서 프린트하란다. 2솔 주면 해주고 분명히 다운스테어라고 듣고 다운스테어? 라고 확인까지 했는데 인포메이션에 가서 물어보니 공항에는 아래층이 없단다. 그건 그렇고 QR 코드가 박혀있고 비바 에어라인이 발행한 online boarding pass인데 왜 안 되는지 그것이 알고 싶다.

그리고 중요한 것은 티켓 자동 발급기에 보니 다른 항공사들은 대부분 있는데 비바에어는 없다. 보통 보낼 수화물이 없는 경우는 길게 늘어선 항공사 카운터보다 자동 발급기 이용하면 편한데 저가 항공사라 그런지 없다. 그러나 온라인상에 자동 발급되도록 등록만 해주면 되는데 왜 안 하는지 이것도 알고 싶다.

4시쯤 비바에어 카운터에 갔다. 밉상스러운 직원이 프린트한 티켓을 요구한다. 그래서 슬쩍 폰에 저장된 QR 보딩티켓을 보여주니 소용없단다. 수수료 23달러를 내란다. 비행기는 타야겠고 프린트를 안 해 온 것은 내 탓이라 거금 23달러를 주고 종이 쪼가리를 받았다. 기분이 안 좋았다. 쿠스코에서 리마로 올 때 역시 비바에어라서 그때는 쿠스코 시내에서 프린트했는데 비행기가 캔슬되었고 이번에는 프린트를 안 했다고 수수료 내고 결코 비바에어는 용서할 수 없다. 후일이었지만 캔슬된 비바 항공요금은 환불 메일을 여러 수십 차례를 보낸 후 7개월만에 티켓값 5만원에다 당일 숙박요금 6만원해서 11만원을 받았다.

콜롬비아 보고타 공항 노숙

어쨌든 리마에서 19시 비행기로 보고타에 23시 00분에 도착했다. 이미그레이션에서 입국 절차를 밟는데 심사관이 며칠 있느냐? 숙소는 어디냐고 묻는다. 내일 아침 일찍 쿠바 아바나로 가기 때문에 공항에서 노숙한다고 하니 잘 이해가 되지 않는 듯 재차 묻는다. 사실 그녀(심사관)의 영어는 짧은 편이다. 물론 필자도 짧지만, 상황 파악이 안 되는지 필자의 여권을 들고 어디론가 가버렸다. 이미그레이션 창구에 혼자 뻘쭘하게 한참이나 서 있었다. 얼마의 시간이 흐른 후 그녀는 책임자인 듯 보이는 남자 직원이랑 같이 왔다. 호텔 주소 안 적었다고 이 고생이네! 차라리 뻥 주소라도 적을 걸 하는 생각이 들었다. 책임자인 듯 보이는 남자는 능숙한 영어로 물었고 필자는 더듬거리는 영어로 내일 아침 8시에 쿠바로 가는데 지금 밤 11시가 넘었고 호텔에 갈 돈도 없다. 공항에서 노숙하고 내일 아침 일찍 떠난다고 하니 두말없이 알았다고 하고 도장 찍어 주란다. 약간의 트러블이 있었지만, 입국 도장 받고 나왔다. 다음부턴 반드시 뻥 주소라도 적어야겠다. 괜히 정직해지려다가 시간만 낭비했다.

보고타 공항에서 이리저리 노숙할 장소를 찾다가 구석진 곳에 여러 여행자가 널브러져 있는 곳을 발견하고 슬쩍 끼어들었다. 보고타의

밤은 깊어만 간다. 바닥에 배낭 베고 누워 잠 좀 들만 하면 경찰들이 몰려와서 깨운다. 다시 누워서 쪽잠을 잤지만, 바닥에서 냉기가 올라왔다. 긴 의자에 누워보니 냉기는 없는데 굴곡진 의자 때문에 이리 뒤척 저리 뒤척 하다가 새벽 4시에 일어났다. 보딩 티켓 받을 윙고에어라인이 어딘지 찾아 나섰다. 윙고에어라인 카운트는 새벽임에도 불구하고 운항이 있는지 창구가 4개나 열렸다. 차례를 기다리며 지켜보니 승객은 짐을 기내로 가져가려고 하고(케리 온) 윙고 직원은 수화물로 보내려고 한다. 그걸 결정 지어주는 도구가 있는데 주물로 미리 기내용 사이즈를 정해서 만들어 놓고 짐이 들어가면 케리 온이고 안 들어가면 수화물로 결정되는 꽤 공평한 기구였다.

보고타에서 출국 때 환급받기

차례가 되어서 여권을 내밀었다. 사실 웹 체크하고 프린트해서 제출해야 하는데 낯선 나라에서 프린트하기란 쉬운 것이 아니다. 리마에서 보고타행 보딩 패스받을 때도 프린트 안 했다고 수수료 23달러를 뜯겼다. 이번 보고타발 쿠바행도 프린트는 말할 것도 없고 웹 체크도 안 했다. 프린트를 안 하면 웹 체크도 하나 마나다. 어차피 뜯길 테니까 윙고에어라인 카운트 직원이 여권을 보더니 예상대로 프린트 안 해왔다고 수수료 20달러에 해당 금액을 콜롬비아 페소로 내야 한단다. 그러면서 저쪽에 있는 ATM 기계를 가리킨다. 카드 되느냐고 하니 된다고 해서 카드로 결제하고 보딩 패스받았다. 쿠바 여행자 카드 필요하냐고 묻는다. 그렇다면서 얼마냐고 물어보니 미국 돈은 안 되고 콜롬비아 돈으로 65,000(23,000원)페소 내란다. 그래서 필자가 이렇게 말했다. Can i get Resident exit tax refunds? 하니 직원이 살짝 표정이 바뀌더니 알았다고 지금 처리해주겠단다. 뭘 컴퓨터에 한

참 두드리더니 종이서류 한 장을 주면서 필자 이름을 적고 사인하란
다. 잠시 후 콜롬비아 페소로 97,500페소(35,000원)를 받았다.

이유는 이렇다. Colombia resident exit tax라고 콜롬비아로 입국
하는 항공권을 구매할 때 콜롬비아 내국인들은 해당이 없고 외국인들
에게만 입국 세금을 매기는데 콜롬비아에 입국해서 60일 이내에 출
국할 때는 환급해 주게 되어 있다. 이것도 카운터에서 환급해 달라고
해야 준다. 말 안 하면 그냥 넘어간다. 환급으로 97,500페소(35,000
원)를 받았다. 이 돈으로 쿠바 비자 65,000페소(23,500원) 주고 나머
지 돈으로 아침 먹고 생수랑 과자까지 해서 몽땅 털었다.

제6장 쿠바

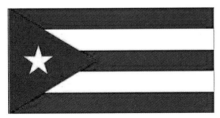

쿠바 국기는 1902년에 제정되었다. 파란색 3줄은 독립운동 당시 세워져 있던 3곳의 군관구를 나타내고 흰색 2줄은 순결과 애국심을 상징하며 삼각형은 프랑스 혁명의 가치인 자유와 평등 그리고 박애를 나타낸다. 빨간색은 독립을 위해 흘린 피, 흰색별은 독립을 의미한다.

01 아바나 1

2월 2일(토요일) 리마에서 보고타까지 타고 온 비바에어와 보고타에서 탄 아바나로 가는 윙고에어는 스크린이 없다. 의자가 뒤로 안 넘어간다. 충전 단자가 없다. 그리고 커피와 주스는 물론 생수까지 돈 주고 사 먹어야 한다. 저가 항공의 현실이다. 기내에서 받은 쿠바 입국신고서는 2장인데 전부 스페인 글이라 너무 어렵다. 번역기를 돌려도 이해가 불가한 것은 빈칸으로 두었다. 쿠바 입국 시 제출서류가 비자카드(여행자 카드)까지 총 3매다. 쿠바 아바나 입국심사에서는 별다른 질문이 없었다. 타고 온 항공기 번호를 묻더니 얼굴 전체 사진을 찍고는 통과했다. 그리고 Nothing to Declare (세관 신고할 게 없는 경우) 쪽으로 나가려는데 또 뭔가를 적어서 내야 문을 나올 수 있었다. 대충 적었는데도 힐끗 보더니 가란다. 총 적어낸 서류가 4종이다. 다 쓸데없는 내용들이다.

아바나 공항에서 버스 타고 시내로 가기

외국인이 아바나 공항에서 내리면 3터미널이다. 이곳은 버스는 없고 오직 택시뿐이다. 대부분 여행자는 공항에서 택시를 타고 시내로 간다. 택시 요금은 평균 금액이 25달러다. 그래서 눈치껏 처음 보는 외인들과 같이 타고 가기도 한다. 버스를 타려면 3터미널에서 약 30분 걸어서 내국인들이 이용하는 1터미널 부근에 있는 버스 정류장까지 가야 한다. 버스를 타고 가기로 작정하고 공항에서 100CUC를 뽑았다. 1CUC가 1달러랑 비슷하다. 공항 매점에서 콜라 사고 받은 잔돈으로 버스 타기에 도전했다.

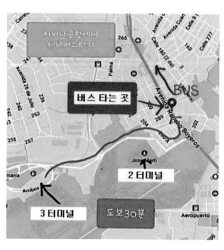

공항을 등지고 우측으로 가다가 좌측으로 가면 커다란 간판을 단 레스토랑이 보이는데 그곳 옆길로 가면 큰 도로가 나온다. 오른쪽으로 계속 가면 갈림길이 나오는데 계속 직진이다. 중간에 버스 정류장이 나오지만 여기는 아니다 계속 가면 터미널1과 2 표지판이 나온다. 여기서 길 건너 왼쪽 길 따라 가면 흰색 공장 건물이 나오고 길을 건너서 조금만 가면 버스 정류장이 보인다. 3터미널에서 버스 정류장까지는 걸어서 30분 정도 걸리고 버스는 까삐똘리오까지 약 40분 소요된다. 맵스미를 켜고 가면 확실하다. 쿠바 첫날이라 화폐 단위를 잘 몰라서 공항에서 콜라 한 캔 마시고 받은 흰색 동전을 주니 지폐랑 동전 몇 개를 준다. 잘 모르지만, 버스비가 백 원 이하인 것 같다.

카삐돌리오 부근에 내려 한 바퀴 돌아보고 말레콘까지 갔다가 숙소인 민박집을 찾아 나섰다. 그런데 숙소 주소를 잘못 받아서 엉뚱한 곳에서 헤매다가 결국 택시를 타기로 했다. 첫 번째 택시는 5CUC를 불러서 3CUC 하니 그냥 가버렸고 두 번째는 턱없이 10CUC를 내란다. 세 번째 택시에서 5CUC에 합의보고 타고 왔는데 그사이 10CUC를 주웠다. 아르헨티나에서도 길 가다가 돈을 주웠는데 쿠바에서도 거금 10CUC(약 만 원)를 줍다니 횡재했다.

출발 전부터 배낭여행에 원칙을 정해두었다. NO 택시, NO 호텔, NO 투어 3가지인데 잘 지켜오다가 오늘 처음으로 택시를 탔다. 아마도 열악한 교통 사정 때문에 공항으로 갈 때도 택시를 타야 할지도 모른다. 숙소로 가면서 택시 창문으로 본 쿠바의 첫인상은 매연이다. 버스나 택시 등 도심을 오가는 차량이 낡아서 시커먼 매연을 연신 뿜어내며 달리고 있다. 그리고 올드한 건물과 올드한 차와 올드한 사람들로 굴러가는 아바나는 문명과 동떨어진 60년대 한국의 과거 모습이었다. 타임머신인가?

한국인이 운영하는 민박집

쿠바에서는 인터넷을 마음대로 쓸 수 없다. 인터넷을 사용하려면 먼저 인터넷 카드를 사야 하고 지정된(와이파이가 잡히는) 장소에 가서 해야 한다. 일반적인 생각으로 호스텔 침대에 누워서 인터넷을 쓴다는 것은 불가능하다. 이번 여행에 처음으로 한국인이 운영하는 민박집에 묵었다. 1박에 18CUC(약 2만 원)로 비싸지만, 아침에 한 시간 무료로 와이파이를 쏴 준다는 장점이 있다. 또 조식을 서비스해 주는데 한식과 쿠바식이 나온다. 무료 세탁은 덤이다. 이런 여러 가지 이유로 배낭 여행객들이 많이 찾는데, 까삐돌리오 부근이 아니라 베나도 지역에 있다는 단점도 있지만 무료 와이파이가 나를 잡았다. 여행 후 전해온 소식을 들어보니 까삐돌리오 부근으로 이사 했다고 한다.

2월 3일 (일요일) 쿠바 아바나 첫날 날씨는 구름 한 점 없는 쨍쨍한 하늘인데 그늘에 들어가면 시원했다. 민박집 조식 메뉴는 돼지고기 볶음밥이다. 반찬으로 양파, 당근 조림이 나왔고 정체불명 주스 한 잔씩 나왔다. 주방을 보니 쿠바 현지인이 조리를 하고 있었다. 식사 후 민박집 여주인이 와이파이 열려요~ 외친다. 9시 30분부터 한 시간 동안 무료 와이파이가 열렸다.

시내 구경하려고 나왔다. 이 동네 큰길에서 몇 번 버스가 오고 가는지 적어놓고 시내 방향으로 가는 버스를 타고 백동전 한 개를 주니 10모네다(지폐) 두 장과 별이 그려진 노란 동전 3개를 준다. 그렇다면 백동전은 25모네다. 1CUC는 25모네다 그럼 버스비는 2모네다? 헷갈리기 시작한다. 버스가 엉뚱한 길로 가서 내려서 다른 버스를 탔다. 이번에는 노란 동전 한 개를 주니 통과네 도대체 버스비는 얼마냐? 계산하기 귀찮고 머리가 아파서 몇백 원 단위는 그냥 막 지르기로 했다.

02 아바나 2
아바나 골목길

아바나 시내를 돌아보니 집들이 신전 같은 기둥으로 지어졌다. 처음 지었을 때는 꽤 화려했을텐데 어려운 경제 사정인지 낡고 곧 무너질 듯이 보였다. 건물 밖 안쪽은 기둥이 있어서 건물 복도처럼 보이지만 보행자 길이다. 까삐돌리오 쪽으로 걸어가는데 관광버스 한 대가 서더니 관광객들이 우르르 내려 골목길로 들어간다. 뭔가가 있다는 촉감이 와서 따라 들어갔다. 예감은 맞았다. 그 골목길은 벽화로 요란하게 그려져 별나 보였고 인파로 둘러싸여 있는 곳에서는 공연이 열렸다. 머리를 내밀어 겨우 시야를 확보하고 폰을 꺼냈다. 사회자가 공연 시작을 알리고 쿠바 특유의 강렬한 리듬이 나오자 끼 있는 여행객들은 어깨는 들썩들썩, 엉덩이는 씰룩씰룩, 양팔은 머리 위로 흔들기 시작했다. 흥겨운 나머지 필자도 어깨가 들썩여지고 흐름에 몸을 맡겨 잠시 즐겼다.

까삐돌리오 건너편 헤밍웨이가 단골로 갔다는 술집인 엘 플로디타 바에 들어가 봤다. 관광객들로 가득 차 있었다. 입구 쪽 스테이지에서 신나는 리듬이 만들어지고 한쪽 구석에 헤밍웨이가 오면 늘 앉았던 자리에 헤밍웨이 동상이 보였다. 사람들이 워낙 많아서 화장실만 이용하고 뭘 주문해 먹지도 않고 그냥 나왔다.

산살바도르 요새와 말레콘

까삐똘리오 부근에서 대로를 따라 쭉 가면 살바도르 요새가 있다. 해자를 두고 성벽이 있고 그 안쪽에는 대서양 바다를 향한 대포 2문이 있다. 쿠바인들이 외부의 침입에 대비한 요새가 아니고 정복자 스페인이 해적들의 침략에 대비해서 세운 성이다. 저 멀리 바다를 보고 있으면 캐리비안 해적들이 쌍안경으로 이쪽을 노려보고 있을지도 모른다. 말레콘은 도로에 접한 방파제인데 세상에서 가장 길다고 한다. 해가 지면 쿠바노들이 모여들고 방파제에 인접한 도로에는 올드카들이 클랙슨을 빵빵거리며 6차선 도로를 달린다. 건너편에는 파스텔 톤의 건물들로 이국적인 풍경이 펼쳐진다. 말레꼰에는 한낮의 해를 즐기는 연인들이 있다.

아바나의 올드카

아바나의 관광은 중심지 까삐똘리오에서 시작된다. 역시 시선을 사로잡는 올드카들이 관광객들을 기다리고 있다. 타고 싶은 생각은 없다. 그냥 눈으로 보는 것이 더 즐겁다. 아바나 시내 구석구석 올드카가 없는 곳이 없다. 보통 년식이 1950년대라고

하는데 얼마나 관리를 잘했는지 겉모습이 삐까삔쩍한다. 쿠바 자동차 가격은 매우 비싸다고 한다. 중고차도 3만 불에서 4만 불씩 하다 보니 비싸게 주고 산 자동차를 본전 뽑기 위해서인지 교통비가 비싸다고 한다. 쿠바와 한국과의 소득 차이를 따지면 어마어마하지만, 택시를 운전하기 위해 무리해서 사는 일도 있고 일단 차가 생기면 가보처럼 대대로 내려간다고 한다.

혁명광장

광장에는 별다른 치장이 없이 혁명 탑이 서 있고 건너편에는 체 게바라의 철근으로 만든 초상화와 아래에는 Hasta la victoria siempre

(영원한 승리의 그 날까지)라는 문구가 있다. 그 옆에는 혁명 동지인 까밀로 씨엔푸에고스의 형상이 있는데 그 역시 무슨 글을 남겼다. Vamos bien Fidel? (피델 잘 있지?) 그는 혁명에 성공한 후 의문의 비행기 사고로 실종되었다. 누가 죽였을까? 피델에게 왜 잘 있지? 라고 물었을까 그런데 피델의 생각은 나는 잘 있는데 너는 잘 있으면 안 돼! 뭐 이런 상상도 해본다. 그 후 피델 카스트로의 장기 집권이 시작되었다. 혁명! 체 게바라가 원했던 혁명은 무얼까? 누굴 위해 혁명을 한 건지 체 게바라의 오지랖을 살펴보자

체 게바라는 아르헨티나 부잣집 출신이다. 쿠바에서 피델 카스트로와 의기투합해 반혁명 무장 게릴라 투쟁을 벌려 독재 정권을 무너뜨리는 레짐 체인지에 성공한다. 그러나 동료인 씨엔푸에고스가 의문의 죽음을 당하자 쿠바를 떠나 아프리카로 갔다. 콩고에서 반군 세력에 합류해 투쟁했으나 실패하고 다시 남미 볼리비아로 와서 반군 활동하다가 체포돼서 사형당한다. 체 게바라가 의도한 혁명은 결국 카스트로 집권에만 도움이 되었을 뿐 민중의 삶은 더 피폐해졌다. 그래서 그가 '영원한 승리의 그 날까지'라고 했을까?

비에하 광장
오늘은 한국 설날이다. 민박집 여주인이 직접 떡국을 끓이고 밥이랑 돼지불고기를 내왔다. 여행한지 거의 50일 만에 한식을 입속에 넣었다. 한국인은 한식을 먹어야 힘이 나는 것 같다. 오늘은 샌프란시스코 성당을 거쳐 비에하 광장으로 갔다. 규모는 작으나 아바나에서 가장 예쁜 광장이다. 광장을 둘러싼 건물들이 색색이 화장해서 보기에 좋았다.

예쁘게 치장한 여인네들이 관광객들과 함께 사진을 찍는다. 물론 공짜는 아니다. 광장 한쪽 건물에 엘 에스코리알el escorial 카페가 있다. 안쪽으로 들어가면 연신 기계로 볶아 나오는 커피콩을 볼 수 있으며 내부에는 진한 커피 향으로 가득하다. 여기서 갓 볶은 콩으로 내린 커피를 음미할 수 있다. 한잔에 1CUC 전후 한다.

비에하 광장은 옛날에 노예시장이었다고 하는데 노예들이 목이며 발에 쇠사슬을 차고 끌려와 단상에 서면 여기저기서 값을 부르고 성사가 되면 팔려 가는 슬픈 역사를 갖고 있다. 아픔의 과거를 잊어버릴 듯이 식당이며 카페며 기타치고 노랫소리가 들려온다. 관 따라 메라~ Guantanamera 노래는 스페인 식민 통치 아래 고단한 삶을 영위하던 쿠바사람들의 저항 노래이자 시였다. 관 따라 메라는 쿠바의 관타나모 항구 출신의 여자라는 뜻이고 관타나모에는 아직도 미군 군사기지가 있다.

Galy cafe 랍스터 짜글이

랍스터 요리를 쿠바에선 링고스타라고 하는데 링고스타? 비틀즈 멤버 중에 드럼을 치는 링고스타와 이름이 같다. 하여튼 여기서 꽤 알려진 랍스터 식당인 galy cafe. 잘 정돈된 실내 분위기와 가드가 입구를 지키고 있으며 만석일 때는 기다려야 한다. 인기 메뉴는 랍스터 살을 발라 마늘 소스에 익힌 것이다. 일종의 랍스터 짜글이?. 뚝배기에 랍스터와 마늘 그리고 향신료를 넣어서 조린 것인데 국물에 진하게 베여있다. 일단 먹어보니 랍스터는 냉동은 아니고 그렇다고 생물도 아닌 냉장이 아닌가 생각이 들었다. 쫄깃한 육질에 마늘 소스가 어우러졌고 국물은 거의 환상적인 맛이었다. 가격은 랍스터가 10CUC(11,200원) 솔 맥주가 2.4CUC 합계 12.4CUC(14,000원)를 결제했다.

라 소라 이 엘 꾸에르보 재즈바

입장료 10CUC 주고 들어가니 이미 많은 사람으로 꽉 차 있었다. 바텐더 옆에 서서 보겠다고 하니 안 된단다. 그래서 기둥 뒤에 있는 좌석에 어느 외인들과 합석했다. 기둥 때문에 무대 전체가 안 보이고 드럼만 보였다. 모히또 한 잔 준다. 밤 11시 30분 첫 공연이 끝나자 재즈가 취향에 안 맞는 사람들 일부가 나가고 그 빈자리를 잽싸게 차지했다. 아주 앞자리는 아니지만, 드럼과 기타, 베이스가 보이는 자리였다. 더 우측으로 옮겨야 피아노까지 보이는데 그건 욕심이고 이 자리도 만족한다. 기타와 베이스, 드럼, 피아노, 4인조 퀴텟이다.

첫 시간 공연을 보니 입장료 10CUC(11,000원)가 민망할 정도로 괜찮은 연주였다. 특히 기둥에 가려서 안 보였던 기타 연주자는 솜씨가 뛰어났다. 좀 지나치게 표현하면 제프 백? 과했나? 뭐 그 정도까지는 아니더라도 기립 박수쯤은 쳐주고 싶어진다. 재즈바 분위기는 좀 소란스러웠다. 연주 중인데도 여기저기 말소리가 들려서 몰입도가 많이 떨어졌다. 매니아 층이 아닌 뜨내기 관광객들이 몰려들어서 그렇다. 입장권 10CUC에는 칵테일 2잔이 포함되었다. 다이끼리 한 잔 주문하니 없단다. 그래서 다시 모히또를 받았다. 12시 40분에 2부가 시작되고 서너 곡 연주하다가 브레이크타임이 되었다. 위치는 배나도 지역에 있고 구글 검색이 된다. Jazz Club La Zorra Y El Cuervo

03 아바나 여행 후기

아바나는 체 게바라와 헤밍웨이의 나라답게 곳곳에서 체 게바라의 사진이 걸려있고 헤밍웨이의 숨결이 느껴진다. 여기에 올드카와 재즈가 여행객들을 흥분시킨다. 말레콘은 숙소와 가까워서 자주 갔다. 저녁 해가 떨어질 무렵 말레콘 방파제에 걸터앉아 붉게 노을 진 바다를 바라본다. 카리브해는 불타오르고 파도 소리를 안주 삼아 쌉싸름한 Sol 맥주 한 모금한다. 주변에 들려오는 쿠바노들의 잡담과 굉음을 내고 냅다 달리는 형형색색의 오픈 올드카들은 보통 시간당 40CUC(1CUC는 1달러)인데 30CUC로 흥정한다. 한 번쯤 타볼 만하지만 달리는 올드카 구경이 더 재미있다. 사이키델릭한 클랙슨 소리와 탑승자들이 질러대는 환호 소리 여기는 쿠바 아바나!

돈에 여유가 있는 여행자들은 별이 여러 개 그려진 호텔에서 시원하게 숙박하며 컬러풀한 예쁜 올드카를 타고 말레콘을 한 바퀴 돈 다음 맛있는 해물 요리 랍스터를 뜯는다. 그리고 입가심으로 헤밍웨이의 단골 술집인 라 플로리디타 카페에 가서 다이끼리 한 잔씩 하면 딱이다. 그러다가 바라데로에 가서 올인 클루시브로 지낸다면 더 바랄 게 없다. 올인 클루시브는 가격대가 천차만별이다. 정해진 금액을 주면 호텔 숙박과 레스토랑, 술 모든 것이 다 포함되어 있고 무제한이다. 7만 원짜리 후기를 보니 시설이 너무 낡아 호텔이라고 보기에는 좀 그런 분위기고 음식도 질이 낮아 만족도가 많이 떨어지는 후기들이 많았다. 괜찮은 시설은 몇십만 원씩 하는데 가기에 부담스러워서 포기했다.

쿠바는 잘살아 보겠다고 혁명한 지 꽤 많은 세월이 흘렀지만, 여전히 경제가 어렵고 물자가 부족하다. 길거리 다녀보면 상점마다 사람들이 줄을 서서 기다린다. 맛집도 유명한 곳도 아니다 생필품이 워낙 부족하니까 상점 문만 열리면 줄을 서서 기다려야 한다. 무엇 하나 사려면 인내심이 많이 요구된다. 식당도 늦게 가면 문 닫고 슈퍼에 가도 반반한 상품들이 별로 없다. 경제가 어려운 이유는 다름 아닌 국민 배를 불리겠다고 혁명했던 세력들 때문이다. 반미를 외친 혁명세력들이 미국과 적이 되는 바람에 경제가 쪼그라들어서 헤어 나올 줄 모른다.

치안은 어느 정도 괜찮으나 거리 곳곳이 지저분하고 개발이 안 돼서 건물들이 매우 낡았다. 특히 노후 차량이 많아 이들이 내뿜는 매연은 지독하고 삶의 질을 떨어뜨린다. 생활과 환경이 열악하니 쿠바노들이 기댈 곳이라고는 노래와 음악이다. 그들은 항상 음악을 들으며 흥을 돋우고 있다. 음악이 있는 곳에서는 노래와 춤이 있다. 못 먹고 못살아도 사람들 자체가 흥이 많은 나라다. 음악만 나오면 어깨를 들썩인다. 길 가다가 누가 노래를 부르면 맞장구쳐준다든지 노래가 신나면 어깨를 들썩이고 가는 풍경들은 흔히 볼 수 있다. 그리고 낯선 사람한테도 곧장 말을 건다. 치노! 재팬! 그러나 꼬레아는 듣지 못했다. 때로는 여자 외인이 지나가면 켓콜링하기도 한다. 이런 행동들은 쿠바노들이 여럿이 있을 때 하는 짓거리지 혼자서 하는 것은 못 봤다. 희롱인지 친근감인지는 모르나 당해본 사람들을 상당히 불쾌했을 것이다. 대응을 안 하는 것이 상수다.

할 일 없는 쿠바노들의 치노! 치노! 하는 소릴 들으면서 어딘지도 모르는 아바나 골목길을 단돈 100원짜리 아이스크림을 입에 물고 돌아다녔던 일들이 기억에 남는다. 곧 무너질 것처럼 보이는 낡은 건물 그 안쪽에 둥지를 틀고 사는 사람들, 종일 건물 밖 인도에 앉아서 오가는 행인들을 물끄러미 쳐다보는 초점 없는 쿠바노들, 채소가게도 정육점도 동네 작은 슈퍼도 아이스크림 파는 가게도 줄을 서야 살 수 있는 아바나. 건물 규모를 보면 한때 번창했던 쿠바가 떠오른다. 그러다가 어느 날 성장이 멈춰버렸다. 건물은 보수를 못 해 낡아버렸고 신차 공급이 없어 수십 년이나 더 되어 보이는 낡은 차들만 가득했다. 모든 것이 정지되어버린 나라. 쿠바가 나에게 남긴 것은 희미한 옛 추억의 되살림이었다. 신작로가 생기기 전 길바닥은 놀이터였고 그래도 고만고만한 살림살이였기에 다들 불만이 없었던 1960년대 한국이 생각났다.

아바나에서 멕시코 칸쿤으로

2월 8일 (금요일) 일주일을 머물렀던 쿠바 아바나를 떠나 멕시코 칸쿤으로 갔다. 어제 저녁때 공항으로 가는 택시를 예약해두었다. 공항까지 20CUC다. 배낭여행 통틀어서 택시 이용은 2번째다. 쿠바 아바나에 온 첫날 숙소를 엉뚱한 곳에서 찾는 바람에 날은 저물고 어쩔 수 없어 택시를 타고 숙소로 왔고 오늘 공항 가는 날도 쿠바의 열악한 교통환경으로 어떻게 될지 몰라 택시를 타기로 했다.

낡고 볼품없는 올드카를 타고 30여 분 만에 아바나 국제공항 (3터미널)에 도착했다. 아침으로 뭘 좀 먹을까 하고 살펴보니 식사할 곳은 한 군데도 없다. 비스킷 한 봉지 사서 3층 커피숍으로 갔다. 역시 줄을 서야 한다. 종업원이 3명이나 있는데도 일 처리가 늦다. 자기들끼리 뭔 이야기가 그리 많은지 짜증이 나는 기다림 끝에 겨우 아메리카노 커피 한잔 받았다.

다시 아래층(2층)으로 내려가서 인터젯항공사 카운터에 줄 서서 기다리는데 비바항공처럼 웹 체크 안 하고 티켓 프린트를 안 해왔다고 수수료 부과하면 어쩌나 하고 노심초사했다. 차례가 되어서 여권을 내미니 싱긋 웃으면서 수화물이 없냐고? 응 없어 (등에 멘 배낭을 가리키며) 이거 케리온이야~ 하니 타다닥 하며 전산 처리하더니 보딩티켓을 뽑아준다. 웬일이니 웹 체크도 프린트도 안 해왔는데, 비바항공은 안 해왔다고 수수료(벌금)로 26,000원이나 뜯겼는데 같은 저가항공사라도 다르구나.

사실 여권만 제시하면 얼마든지 예매 내용을 확인할 수 있는데 보딩패스 종이 쪼가리 얼마 한다고 고객이 프린트해서 가지고 와야 하는지 이해가 안 된다. 탑승 전 웹 체크는 어느 정도 필요하다. 웹 체크를 안 하면 오버 부킹시 좌석이 없을 수도 있다. 물론 이 경우도 항공사 책임이지만 웹 체크를 하면 승객이 비행기를 탄다는 적극적인 의사 표시가 되는 것이다. 이미그레이션에서 어디로 가나? 묻는다. 칸쿤! 얼굴 사진 한번 찍고 통과해서 보안검색대로 갔다. 신발까지 벗어 검사하고 10번 게이트로 왔다. 10시 보딩이 시작되고 비행기에 오르니 좌석 배열이 3

×3 중형 비행기다. 무릎 간격은 비바항공보다 배나 넓어 아주 편하다. 갑자기 인터젯항공이 사랑스러워진다. 물론 콘센트도 등받이도 스크린도 없지만, 거지 같은 비바항공보다 백번 좋다. 비바항공이 운항을 켄슬시켜 추가경비 쓰게 만들고 사과 한마디 없이 환급은 당사로 문의하라고 이 메일 주소만 달랑 주던 비바항공. 환급해 달라고 메일 보냈는데 열흘 만에 무슨 서류를 갖추어서 제출하면 돈을 돌려주겠다는 답이 왔었다. 비바항공은 서류를 엄청나게 좋아한다. 티켓도 프린트해야 보딩패스 주고, 환급도 애초에 구매한 카드 내용이 전산에 남아있는데 별도의 서류를 요구한다. 아~ 빌어먹을 비바!!! 인터젯 비행기는 약 1시간 남짓 비행 후 멕시코 칸쿤 공항에 착륙했다. 이번 배낭여행에 마지막 나라 멕시코는 어떤 모습일까?

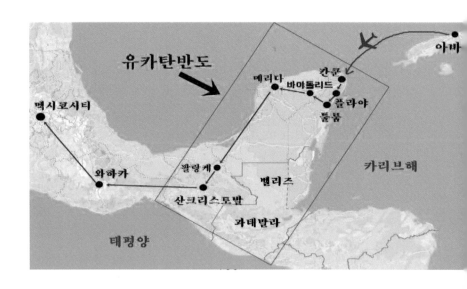

제7장 멕시코

 왼쪽부터 초록, 하얀, 빨강의 삼색기 가운데 문장이 들어있고 1810년 스페인과 독립전쟁 때 처음 사용했다. 초록색은 독립과 희망, 천연자원, 흰색은 통일과 정직, 빨간색은 백인, 인디오, 메스티조의 통합과 독립을 위해 바친 희생을 의미한다. 문장은 '독수리가 뱀을 물고 앉아있는 호숫가 선인장이 있는 곳에 나라를 세우라'는 아즈텍의 건국 전설이 그려져 있다.

이미그레이션에서 멕시코에 며칠 있느냐만 묻고 통과했다. 나와서 ATM을 찾았으나 페소는 안 되고 달러만 인출되는 기계뿐이다. 페소가 필요하면 달러를 찾아서 환전하라는 이야기다. 다행히 멕시코 돈이 250페소가 있어서 ADO 버스 티켓을 86페소 주고 샀다. 버스를 타고 30분도 안 돼서 칸쿤 ADO 터미널에 도착했고 생수 하나 사고 밖에 나와 현지인 식당에 들어가 점심을 먹었다. 닭요리를 주문했는데 68페소(4,000원)다. 엄청 맛있는 수프가 나오고 메인요리는 입맛에 딱이었고 빨간 소스는 매콤했고 거무죽죽한 소스는 담백한 팥죽이었다. 무엇보다 음료수는 묽은 미숫가루? 쿨피스처럼 달콤했다. 2페소(100원) 팁으로 70페소를 결제했다. 일단 환경이 쿠바 아바나보다 좋아졌다. 갑자기 신세계로 들어온 기분이다. 거리가 활기차고 여기저기 상품도 풍부해 보이고 무엇보다 매연이 좀 적어졌다.

01 유카탄 반도

돌고래 비치

2월 9일 (토요일) 오늘은 칸쿤에서 아름다운 돌고래 비치를 구경하러 갔다. 시내에서 R1이나 R2가 적힌 버스를 타고 요금은 12페소(700원)를 기사에게 주면 된다. 약 30분 후 코코봉고를 거쳐 해변 오락장에서 내리는데. 여기서 다수의 승객이 내린다. 버스에 내려 도로를 건너가니 오우~ 카리브해가 옥빛 물색을 자랑하며 눈앞에 나타났다.

한참을 구경하다가 돌고래 비치를 떠나 코코봉고 쪽으로 가려고 뒤돌아서는데 저 언덕 위에 긴 줄이 늘어져 있다. 뭔 줄이지? 칸쿤 글자 배경으로 인증샷 찍는 줄이다. 세상 사람들 너 나 할 것 없이 다들 성향이 비슷하다. 다시 버스를 타고 코코봉고 쪽으로 갔다. 코코봉고는 미국 라스베이거스를 흉내 낸 극장식 쇼다. 입장료는 약 80달러부터 최하 30달러까지 형성된다고 들었다. open 시간은 23시부터 새벽 4시까지이며 술은 무제한 제공한다고 한다. 칸쿤 코코봉고는 짐 케리 주연 '마스크' 촬영지라서 티켓 파는 직원들이 마스크 분장하고 호객하고 있다. 칸쿤은 본점이고 플라야는 분점인데 나이 많은 외국인들은 거의 칸쿤 코코봉고로 가고 청춘들은 플라야로 몰리는 것 같다. 그리고 오늘 토요일과 내일 일요일은 피크타임이라 티켓 할인도 안 된다.

숙소로 오면서 대형 슈퍼가 보여서 면도기랑 손가위 사러 갔는데 슈퍼를 지키는 보안 요원들이 기관단총으로 무장 경비를 서고 있다. 아~ 멕시코

플라야 델 카르멘

2월 10일 (일요일) 오늘은 칸쿤을 떠나 플라야로 갔다. 사실 칸쿤에서는 볼 게 별로 없다. 어제 코코봉고 부근과 돌고래 비치에 다녀온 것이 전부다. 아침 느지막하게 일어나 꾸물대다가 배낭을 꾸려 체크아웃하고 터미널 앞 식당에서 아침 겸 점심을 먹고 플라야로 가는 ADO 버스를 탔다. 버스비는 45페소 주었고 약 1시간 정도 걸렸나? 플라야 델 카르멘은 카리브해의 휴양지이자 젊은 배낭여행자들의 성지다. 곳곳에 식당과 Bar 그리고 기념품 가게들이 즐비하게 늘어져 있다. 여행객들은 여기서 장기간 쉬며 먹고 놀고, 세노떼, 다이빙, 등 엑티비티와 물놀이 공원 셀하 등으로 놀러 다닌다. 플라야에는 값싼 숙소들이 몰려있고 유적지 등 주변 어트렉션Attaction으로 다니는 미니버스들이 많아서 놀기에는 아주 적합한 동네다. 비교하자면 배낭여행자들의 무덤이라는 홍해 바닷가인 다합 정도랄까 바다가 궁금해서 가보니 물색이 칸쿤처럼 예쁘지는 않다. 해초도 많고 주변이 깨끗하지 않고 지저분해서 사람들마저 별로 없었다.

호스텔이 중심가에서 살짝 떨어져 있지만 조용하고 바로 앞에 대형 슈퍼가 있어서 마음에 들었다. 저녁은 슈퍼에서 산 닭 날개와 샐러드랑 먹었다. 닭 날개가 새콤달콤한 양념이 되어있어 맛있다. 누구는 왜 그렇게 닭을 좋아하느냐고 다른 것 좀 먹으

라고 하는데, 닭을 좋아하는 이유는 값이 싸고 육질이 부드럽고 백색육이라 건강식이다. 식당에서 먹는 것보다 슈퍼에서 먹거리를 사다가 호스텔 주방에서 먹는 걸 즐긴다. 오늘 메뉴는 닭 날개 12개랑 양배추, 당근 샐러드와 캔맥주. 전부 한화로 약 4천원이다.

02 마야 유적지

2월 11일(월요일) 날씨는 이러다가 쪄 죽을 수 있겠다고 생각들 정도로 완전 가마솥이다. 한낮이 오기 전에 툴룸에 있는 마야 유적지를 보기 위해 일찍 나섰다. 더 일찍 갈 수 있는데 호스텔 조식이 8시부터라서 먹고 씻고 하니 거의 9시다. 투어로 가는 방법도 있는데 투어는 비싸거니와 체질에 안 맞아서 현지인처럼 가기로 했다. ADO 버스도 있지만 더 싼 콜렉티보를 타기로 했다. 툴룸으로 가는 콜렉티보(미니버스)는 세노떼와 셀하, 유적지 등을 거쳐 툴룸 시내까지 간다. 시원하게 뻗은 도로를 따라가면서 내릴 곳을 말하면 세워주기도 하고 가끔 드라이버가 정류장 이름을 말해 준다. 플라야에서 딱 1시간 거리인데 툴룸이 가까워지자 구글맵을 켜놓고 내릴 타이밍을 보고 있었는데 드라이버가 뭐라고 말하더니 양손을 맞 대어서 지붕을 만들어 보인다. 직감적으로 마야 템플을 표시한 것으로 알았다. 차비는 45페소(2,700원)로 내릴 때 주면 된다.

툴룸 마야 유적지

입구로 들어가면 인포메이션이 보인다. 지도를 얻을 수 있는데 인포라 하기보다 투어나 가이드를 판매하는 부스다. 입구에서 매

 표소까지 약간의 거리가 있는데 코끼리 열차와 비슷한 트럭이 다닌다. 가격을 물어보니 65페소다. 그냥 걸어갔다. 약 10분 걸어가니 매표소가 나오고 오전 10시 조금 넘었는데도 줄이 제법 길었다. 75페소(4,500원) 주고 입장했다. 밀림 속으로 가는 느낌의 길로 가다 보면 성벽이 나오고 조그마한 성벽 문을 지나면 확 트인 공간에 유적지가 나타났다.

툴룸은 카리브 바닷가 12m 높이의 절벽 위에 세워진 방어 요새다. 유카탄반도에서 유일하게 바다를 끼고 있는 마야 유적지다. 유적 발굴 당시 AD 564년에 해당하는 날짜의 석비(石碑)가 발견됨에 따라 최초 건설 시기는 고전기 마야 시대로 추정되며, AD 1200년대부터 해상 교역 및 활발한 경제활동을 한 흔적이 조사되었다. 유적지에는 내륙을 향해 세워져 있는 높이 약 3~5m, 길이 약 400m의 성벽이 있고, 남서쪽과 북서쪽에 망루가 세워져 있다. 성벽에는 다섯 개의 출입문이 있다.

바람신 신전은 바다를 바라보며 절벽 위에 세워져 있고 나무 계단으로 내려가면 바로 카리브 해안가다. 해수욕장인데 모래사장이 해초로 덮여 지저분하지만, 바다 물색은 옥빛으로 반짝거렸다. 무엇보다 바다를 품은 유적지라서 마음에 들었다. 페루가 잉카 문명이라면 멕시코 유카탄 반도는 마야 문명의 중심지다.

툴룸을 다녀온 다음 날 점심 먹고 슬슬 코코봉고(극장식 쇼 나이트클럽) 쪽으로 갔다. 코코봉고 매표소는 대낮부터 열려있었다. 안내판을 보니 75달러(84,000원)로 적혀있다. 좀 깎아 달라고 하니 오늘 표는 안되고 내일 표를 사면 10달러를 깎아서 65달러로 해주겠단다. 누군가가 흥정하면 30~40달러 주고 들어갈 수 있다고 들었는데 아닌가 헷갈린다. 일단 알았다 하고 호스텔로 돌아왔다. 오후에 쉬면서 많은 생각을 했다. 플라야는 코코봉고 말고도 놀이 천국이다. 가장 인기 있는 3가지 놀이는 이렇다.

●셀하 Xel-ha : 천연자연 물놀이 테마파크
●익스플로러 X-plor : 엑티비티
●스칼릿 Xcaret : 엑티비티, 공연

3가지 각각 입장료가 10만 원 이상이다. 여기에 밥값과 음료수가 포함되어 있지만 밑바닥 배낭여행자에겐 엄청 비싸고 부담스럽다. 갈까, 말까 고민하다가 결국 포기했다. 나이도 있고 엑티비티하다가 다치기라도 하면 바로 귀국할 수도 있다. 많은 고민 끝에 모든 유혹을 뿌리치고 내일 바야돌리드로 가기로 했다. 이것이 나의 한계인지 주제를 아는 건지 모르겠지만 일단은 마음을 비우니 갈등이 사라지고 평안했다.

2월 12일(화요일) 아침 창밖을 보니 비가 세차게 내린다. 하늘도 먹구름이 가득해져 어두웠다. 호스텔 조식을 일찍 먹고 비가 그치기를 기다렸다. 오늘은 바야돌리드로 이동하는 날이다. 텔셀 유심 3.5기가를 유심비 포함해서 400페소 주고 장착했다. 아마도 출국 때까지 쓸 작정이다. 100유로 환전하니 2,064페소 준다. 120,100원이다. 여행 출발 전에 1,290원 주고 유로화 환전했는데 유로 당 거의 90원 손해다. 역시 달러가 답이다.

바야돌리드는 플라야에서 ADO 버스를 타면 되는데 버스비가 비싸서 저렴한 콜렉티보(미니버스)를 타기로 했다. 그런데 생각해 보니 아무래도 빗길 고속도로가 불안해서 ADO 버스를 타기로 하고 터미널로 갔다. 바야돌리드로 가는 버스는 여기가 아닌 새로 지은 터미널이고 코코봉고에서 월마트로 가는 사이에 있다고 한다. 다시 힘든 발걸음을 해서 ADO 터미널을 찾아갔다. 새로 지은 깨끗한 건물이다. 버스비는 248페소(14,500원) 콜렉티보와 약 100페소 이상 차이가 나는 것 같다. 안 그래도 어제 툴룸 갈 때 보니 콜렉티보 엄청 속도를 내는 것 같아 ADO 버스가 더 안심된다. 버스 예매하고 시간이 남아 동네 구경하는데 또 비가 온다.

바야돌리드
비속을 뚫고 바야돌리드에 도착했다. 비는 좀 수그러졌지만, 하늘엔 여전히 먹구름이 깔려있다. 그런데 시간이 한 시간 앞당겨졌다. 칸쿤 기준이 아니고 멕시코시티 기준이란다. 예약한 호스텔에 배낭을 두고 대형마트에 가서 닭 스테이크랑 크림 파스타 사고 맥주도 작은 캔 한 개 집어서 계산대로 갔는데 오후 6시 이후는 술을 못 팔게 되어있단다. 시계를 보니 오후 6시 8분이다. 아쉽지만 맥주는 포기했다. 무슨 이슬람 국가도 아니고, 주변 식당에서는 다들 술판이던데 무슨 차이지?

치첸이트사 Chichén Itza

2월 13일 (수요일) 밤새도록 비가 내렸는데 아침에 창밖을 보니 비는 오지 않고 구름만 잔뜩 껴있다. 비가 왔다면 하루 쉬고 내일 가려고 했는데 예정대로 출발했다. 오늘은 마야 유적지 중 가장 스케일이 크다는 치첸이트사를 보고 부근에 있는 세노떼 중에서 가장 예쁘다는 익킬(Ik kil)을 보려는데 교통편이 원활한지는 모르겠다. 일단 부딪혀 봐야겠다.

호스텔 조식은 안주인께서 직접 구운 팬케이크 2장과 멜론, 수박, 커피로 했다. 안주인은 에스파냐, 영어를 잘 구사하면서 이것저것 챙겨주셨다. 좀 과도한 친절과 함께 아주 부드러운 미소를 짓더니 치첸이트사에 가느냐고? 그렇다고 하니 그럼 가는 차량을 소개해 주겠다고 한다. 안주인 소개를 거절하고 버스를 타고 가기로 했다. 치첸이트사로 가는 콜렉티보는 ADO 버스터미널 바로 옆에 있다. 타려고 보니 차 안에 아무도 없어서 언제 출발할지 몰라 그냥 버스 타기로 했다. 08시 30분 출발 오리엔떼 버스로 37페소(2,200원) 주고 티켓을 샀다.

터미널에 오리엔테 버스가 여러 대 들어왔는데 어느 버스가 치첸이트사로 가는지 표시가 없다. 게이트에 지키고 있는 보안 요원에게 물어보니 잠시 기다리라고 한다. 40분 넘어 버스에 탔다. 차 안에는 필자와 같은 배낭여행자 2명 외는 다 현지인들이다. 가는 내내 현지인들이 중간중간 동네에 내렸고 치첸이트사에 가는 현지인은 거의 없었다.

09시 40분 치첸이트사 입구 주차장에 도착했다. 이른 시간에도 불구하고 많은 콜렉티보랑 전세버스들이 가득 찼다. 전부 투어 차량이다. 다행히 구름이 낀 하늘이라 덥지는 않았다. 매표소는 오전 10시도 안 되었는데 벌써 줄이 길다. 입장료를 보고 깜짝 놀랐다. 240페소라고 알고 있는데 올해 들어 배나 인상되어서 481페소(28,000원)다. 어마무시한 거금을 주고 샀다. 멕시칸 내국인은 반값인 202페소(12,000원)다. 입장하니 비포장 길 양쪽에서 잡상인들이 장사 준비하고 있다. 유원지 냄새가 풀풀 난다. 얼마 안 가서 거대한 유적이 나타났다.

엄청 넓은 구기장이 있다. 경기 규칙은 양쪽 벽에 동그랗게 생긴 골대를 만들어 두고 양손을 제외한 어떤 몸동작으로 공을 골대 안으로 넣는 팀이 승리한다. 경기장 한쪽 끝에는 '절대자'가 판정을 내리고 골을 넣은 용사의 심장을 꺼내서 괴상망측하게 생긴 괴물 대가리 위에 용사의 벌떡벌떡 뛰는 심장을 제물로 바친다고 한다. 이 사실이 맞는지 모르지만, 한 무리의 여행객 가이드가 돌벽에 그려진 조각을 예로 들면서 설명하고 있다. 그런데 왜 하필 이긴 용사의 심장을 꺼내는지 궁금하다. 입장한 지 1시간 정도 지났다. 거의 다 본 것 같다. 학교에서 단체로 견학하러 온 학생들도 있었고 시간이 지남에 따라 관광객 수가 점점 더 늘어났다. 이제 슬슬 걸어서 익킬 세노떼로 가볼까 한다.

익킬 세노떼

치첸이트사는 투어를 안 하면 교통이 매우 불편하다. 그 이유는 대중교통을 타야 하는데 버스가 치첸이트사에서 출발하는 것이 아니고 메리다에서 바야돌리드로 가는 차들로 만차거나 교통이 밀리면 치첸이트사 주차장으로 들어오지 않고 바로 가버린다. 그래서 대부분 주차장에서 한참 걸어 나가 메인 도로에 서 있으면 탈 수 있다. 필자는 후문을 통해 익킬 세노떼까지 걸어서 가기로 했다. 아무도 없는 한적한 길을 비스킷 먹으면서 슬슬 걸어가는데 뒤에서 오토바이 소리가 나면서 현지인으로 보이는 남자가 어디로 가느냐고 묻는다. 익킬 세노떼 간다고 하니 태워주겠단다. 괜찮다고 사양하니 명함을 주면서 티켓팅할 때 보여주면 할인된다고 한다. 치첸이트사 후문에서 메인도로까지 20여 분, 메인도로로 익킬까지 20분 총 40분 걸어서 왔다. 매표소에서 계산하는데 저 너머에서 오다가 만난 오토바이 현지인이 기다렸다는 듯이 손으로 사각형을 그려 사인을 보낸다. 명함을 보여주니 정가 80페소인데 75페소로 5페소 할인해 준다. 훈훈한 배려심이 있는 멕시코사람 그라시아스!!!

세노떼cenote

유카탄 반도에 석회암 암반이 함몰되었고 지하수가 고여 천연 샘이 되었는데 이것을 세노떼라고 한다. 이런 세노떼는 유카탄반도에만 천여 개가 있다고 한다. 익킬ikkil은 세노떼 중에서도 예쁘다고 소문난 곳이다. 주변에 탈의실 및 샤워장, 스낵바가 있다. 안쪽으로 내려다보니 뛰어내릴 수 있는 다이빙 포인트도 있다. 구경하다가 슬슬 발동이 걸려서 아래로 내려갔다. 한번 입수해 볼까 하고 바야돌리드에서 수영팬티를 150페소(9,000원) 주고 샀고 지금 안에 입고 있었는데 요즘 밤에 가끔 종아리에 쥐가 나서 그냥 입수는 포기하고 구경만 했다. 마음은 변한 게 없는데 몸은 많이 변했다. 다시 익킬 세노떼를 나와 바야돌리드로 가는 버스나 콜렉티보를 기다렸는데 10분 만에 오리엔트 버스가 왔다. 31페소 주고 탔다.

2월 14일(목요일) 비는 그치고 하늘은 다시 푸르름을 되찾았다. 바야돌리드 Casa xtakay 호스텔 안주인이 어제는 팬케이크

를 구워주더니 오늘은 오믈렛을 만들어 준다. 대단한 정성이다. 보통 호스텔 조식은 요리를 직접 해주는 데는 없다. 부킹닷컴에서 평점 9.7을 받는 호스텔이다. 과일도 망고, 수박, 멜론, 바나나 등 다양하게 먹을 수 있다. 조식을 먹고 난 후 식기는 각자가 설거지해야 하는데 여기는 주인장이 직접 한다. 기억에 남는 호스텔이다.

동네 공원에 놀러갔는데 철판에 밀가루 반죽을 뿌려 굽고 초콜릿 캐러멜을 토핑한 길거리 음식이 먹음직해서 사 먹었더니 저녁에 바로 복통 증세가 왔다. 상비약으로 가져간 잔탁 한 알로 감당이 안 돼서 두통, 치통에 먹는 개보린 한 알 먹었다. 통증은 바로 진정되었는데 밤새 화장실을 들락날락해야 했다. 대장에서 나쁜 애들이랑 싸우는 중이니 좀 관찰해보고 약을 먹어야겠다고 생각했는데 도저히 참을 수 없어서 이른 아침에 약국으로 갔다. 멕시코 약 효과가 있을까?

욱스말 Uxmal
메리다에서 묵었던 호스텔 겉모습은 멕시코스러운데 조식이 별로였다. 한눈에 딱 봐도 그렇게 좋아 보이지 않는 식빵과 잼, 버터, 시리얼, 바나나, 커피가 전부다. 침대도 낡아서인지 스프링이 울퉁불퉁 튀어나와 불편했다. 평가가 좋은 호스텔을 그냥 노려보고 있다가 풀부킹으로 놓치고 그다음 순위였는데 별로였다.

아침 8시 좀 넘어 나왔다. 마음에 안 드는 호스텔이지만 터미널과는 불과 5분 거리에 있다. 욱스말Uxmal 유적지로 가는 버스는 왕복으로 152페소 주었다. 메리다에는 터미널이 2개다. 장거리를 가는 아데오ADO 버스 터미널이 있고, 가까운 곳으로 가는 SUR, 오리엔테 버스터미널이 있다. 욱스말은 메리다에서 그리 멀지 않는 곳이라 SUR 버스를 타고 9시쯤 출발했다. 메리다에서 1시간 30분 걸려 도착했다. 버스는 도로변에 세워주고 가버렸다. 약 5분 정도 걸어가니 매표소가 보였다. 입장료 413페소(24,000원) 정말 개비싸다! 어제 갔던 치첸이트사는 481페소(28,000원) 멕시코는 유적지로 아예 뽕을 뽑는다. 올해 1월부터 입장 요금을 2배로 전국적으로 인상했다. 멕시코뿐만 아니고 남미 특히 페루 마추픽추는 입장료가 해마다 오른다. 비싸도 사람들이 꾸역꾸역 몰리니 할 말이 없다.

욱스말의 마법사 피라미드

하늘을 가까이하고 싶었던 마야족들이 힘들게 높이 쌓은 제단을 보니 멋져 보인다. 치첸이트사나 툴룸보다 더 세련돼 보이고 웅장하고 아름답다. 마법사 피라미드에는 숨은 전설이 있다. once upon a time 난쟁이가 왕을 찾아가 도전했는데 왕이 숙제를 주었다. 하룻밤에 큰 궁전을 지으면 왕위를 물려줄 것이고 실패하면 죽는다고 했다. 난쟁이는 마법사의 도움으로 피라미드를 지었고 왕이 되었다는 전설이 바로 마법사의 피라미드다.

<대피라미드>　　　　　　　<마법사의 피라미드>

대피라미드의 남면에 기울기가 60도로 매우 가파른 118개의 계단이 있다. 거의 수직이라 엉금엉금 기다시피 올라갔다. 마법사의 피라미드가 한눈에 딱 들어왔다. 울창한 밀림 한가운데 우뚝 솟아있는 그 자태는 과거 300년간 마야 왕국의 수도로 번창했다는 걸 알려준다. 당시 주민이 25,000명으로 사방 40km의 규모였는데 무슨 이유인지는 모르나 버려졌다고 한다. 그리고 역사는 고인 물이 아니고 흘러가기 때문에 한때의 흥망성쇠가 피라미드에 고스란히 묻어있다. 영원할 것 같았던 제국과 부귀영화는 한낮의 꿈이었다. 덧없는 세월이다.

남미의 잉카와 중미의 마야는 석조로 많은 유산들을 남겼는데 돌을 다루는 기술은 역시 잉카가 많이 앞선다. 외형으로 봐도 잉카는 돌과 돌 이외는 쓰지 않았는데 마야는 돌과 돌 사이 회반죽이 들어갔다. 이것만 해도 엄청난 기술의 차이다.

점심 먹으러 매표소 부근 식당에 들어갔다. 엠빠나다 4개랑 오렌지주스를 주문하니 식전 빵과 나초가 나왔다. 고수향이 강하게 베여있는 양념장에 찍어 먹어보니 맛이 괜찮다. 국내에서 파는 나초과자 맛과 똑같다. 다만 튀김 기름이 진하게 베여있다. 메인이 나왔다. 케첩 냄새가 진한 소스와 팥죽 위에 치즈 조각 토핑한 것과 엠빠나다 4개가 나란히 접시에 담겼다. 먹어보니 만두 겉피는 바삭거리는데 속은 뭔지를 모르겠다. 무슨 가루를 반죽했는데 혹시 코코넛 가루인가? 그냥 고기랑 채소인 줄 알았는데 별맛도 없다. 엠빠나다가 120페소 오렌지주스가 40페소 해서 총 160페소(9,000원)다. 관광지치고는 그렇게 비싼 편은 아니고 입장료에 비하면 싸다. 팁을 달라고 해서 160에 20을 더해 180페소(10,800원) 주고 나왔다. 팁은 서비스를 받은 적이 없는데도 줘야 하나?

메리다로 돌아가는 버스는 15시에 있는데 제시간을 지켜서 오는지 알 수 없다. 이제 마야 유적은 그만 봐야겠다. 고고학자도 아니고 인디아나 존스도 아닌데 천문학적인 입장료를 주고 들어가기란 배낭여행자 처지에서 힘든다. 팔렌케 유적이 남았지만 건너뛰고 산크리스토발로 가야겠다. 이 루트는 야간버스다. 중, 남미 여행의 마지막 야간버스인 것 같다. 다음은 와하까와 멕시코시티다. 여행은 종반을 향해 가고 있다.

욱스말의 오후는 햇볕이 강하게 목덜미를 파고든다. 변변한 그늘도 없는 도로변에서 1시간 동안 뻗치기 한끝에 버스가 왔다. 역시 투어를 안 하면 교통이 불편하다. 멕시코는 입장료를 인상하기 전에 대중교통을 늘리든지 아니면 최소한 제시간에 버스가 오게끔 해야 한다. 15시에 도착한다는 버스가 16시나 돼서야 오니 이제 유적지 탐방은 체력적으로 감당하기 어렵게 되었다.

유카탄 마야 유적지는 툴룸, 치첸이트사, 욱스말, 그리고 팔렌케가 있다. 툴룸과 바야돌리드 사이에 코바도 있지만 코바 유적지가 욱스말과 비슷하다. 툴룸과 치첸이트사는 훤히 드러난 유적지고 욱스말과 팔렌케는 우거진 밀림 속에 있다.

곰곰이 생각해보니 내일은 일단 팔렌케로 가서 하루 쉬었다가 산크리스토발로 가야겠다. 여기 메리다에서 산크리스토발은 야간버스밖에 없다. 체력도 서서히 바닥에 있고 힘든 야간버스보다 팔렌케에서 하루 쉬고 산크리스토발로 가기로 했다.

메리다 Merida

메리다는 유카탄반도에 있는 유카탄주(州)의 주도(州都)로 규모가 있는 도시이고 아름다운 시가지와 문화적 풍요로움을 갖추어 2000년 아메리카의 문화 수도로 지정되었다고 하는데 필자에겐 그저 중, 남미의 낙후된 도시로만 보였다. 도로포장 상태가 좋아 보이지 않았고 보도블록이 깔린 곳은 거의 없었다. 흙길이 아니면 오래된 울퉁불퉁한 시멘트 길이다. 매연을 콸콸 내뿜는 것은 아니지만 한눈에 봐도 폐차 직전의 트럭을 개조해서 만든 시내버스를 보면 알 수 있다. 치안이 나쁜지 중요 건물에는 기관단총을 맨 무장 경비원들이 서 있어 보는 이로 하여금 위압감을 느끼게 한다. 남미 여행하기 전에 플라야 외곽에 있는 bar에서 총격전이 벌어졌다는 뉴스도 봤다. 플라야는 칸쿤에서 1시간 떨어져 있는 유명한 휴양도시인데도 그렇다.

유카탄반도의 도시들은 세계적으로 널리 알려져 여행객들이 몰리고 관광 인프라도 잘 갖추어져 있다. 그러나 도심의 번화가만 도시적 환경이 갖추어졌지만, 외곽으로 조금만 들어가도 매우 열악한 환경을 볼 수 있다. 세계 경제 규모를 보면 멕시코는 세계 16위로 1조 403억 달러이고 한국은 10위에 1조 5,867억 달러로 경제 규모가 비슷한데도 인프라 차이는 크게 나 보였다.

팔렌케로 가는 아데오(ADO) 버스는 좌석 간격이 넓고 아래에 전기 콘센트가 있고, 뒤편에 화장실도 있다. 티켓값은 편도로 425페소(25,500원)다. 전날 예매했는데 좌석은 여유가 많았다. 약 7시간 넘게 타야 해서 비스킷이랑 음료수, 바나나, 사과를 준비해서 탔다. 오리엔테 버스와는 달리 ADO 버스는 정시에 메리다를 출발해서 고속화도로를 가고 있는데 휴게소도, 차량도 별로 없는 한적한 도로다. 캄페체(Campeche)에 도착해서 몇몇 승객들이 내리고 다시 출발했는데 이번에는 해안 길로 간다.

팔렌케 Palanque

메리다를 출발한 지 거의 9시간 만에 팔렌케 버스 터미널 도착했다. 남미에서 버스를 탔다 하면 20시간 이니 9시간쯤은 쉽게 온 것이다. 내일 산크리스토발로 가는 버스를 356페소(26,000원) 주고 예매했다. 구글 지도에 타코를 잘한다는 식당 을 발견하고 저녁 먹으러 갔다. 메뉴판을 보니 타코 종류가 열 댓 가지나 돼서 뭘 선택해야 할지 몰라서 머뭇거리자 종업원이 제일 싼 걸로 추천한다. 그러면서 몇 개를 할 거냐고 묻는 눈치 다. 타코는 처음이라 양을 몰라서 1개를 주문하니 고개를 갸우 뚱하더니 주방에 주문을 넣는다.

매운맛, 새콤한 맛. 무슨 열매?와 고수 향 나는 다진 양념의 소스 가 나왔다. 타코는 밀전병에 고기와 채소를 다져 얹은 음식이다.

사이즈가 손바닥보다 작다. 먹어보니 의외로 맛있었다. 양이 작아서 한 개 더 시켜 먹었다. 가격은 개당 20페소(1,200원)다. 놀랍고 저렴한 가격이다. 내일 버스 타기 전에 3개는 꼭 먹고 가야겠다. Mr. Taco 식당은 대로변에 있고 구글 지도에도 나온다.

숙소는 겉으로 보기에는 멀쩡한데 내부 시설은 엉망이었다. 1박에 160페소(9,600원)를 냈는데 싼 게 비지떡이 되어버렸다. 160페소는 멕시코 경제 사정에 비추어 볼 때 결코 싼 게 아니다. 그러나 여기 아니면 30, 40불씩 하는 비싼 호텔에 가야 하니 어쩔 수 없다. 팔렌케가 촌 동네이고 열악한 것은 알고 왔지만 기대 이하였다. 게다가 열대 우림 지역이라 매우 덥고 습한데 에어컨은 없고 선풍기밖에 없다. 그나마 1인 1 선풍기라서 다행이다. 오늘 밤에는 이놈을 붙들고 자야 한다.

2월 17일 (일요일) 팔렌케는 도시가 아닌 시골 작은 동네다. 이곳은 팔렌케 마야 유적으로 먹고사는 곳이다 보니 각종 투어 여행사들이 즐비하고 호객행위도 많다. 어제 메리다에서 9시간 버스를 타고 여기로 넘어왔는데 유적지를 보러 온 것이 아니고 그냥 잠만 자고 오늘 오전에 산크리스토발로 떠난다. 사실은 팔렌케 마야 유적지를 구경하고 싶었지만, 입장료 부담이 있었고 마야 유적지는 지금까지 본 것으로도 충분하다고 판단했다. 어지간하면 볼 수 있는데 비싼 입장료가 발목을 잡았다.

매년 오르는 입장료는 매일 한 개씩 황금알을 낳는 닭의 배를 가르는 것과 같다. 닭의 배를 갈랐으나 황금알은 보이지도 않았고 닭마저 죽는 어리석은 짓이 아닐까 염려스럽다. 남미 마추픽추가 지금 이런 현상을 겪고 있다. 한때는 미리 예매를 안 하면 입장이 안 되던 마추픽추가 매년 터무니없는 입장료(현재 52,000원) 때문인지 예매 없이 당일 입장도 가능할 만큼 관광객 수가 많이 줄었다. 입장료 인상에 따른 유적지 환경이 개선된 것은 하나도 없다. 여전히 대중교통은 열악하고 유적지에 관한 정보는 부족했다. 혹자는 비싼 비행기 타고 가서 안 보면 어떡하나 말들 하지만 파리에 가서 에펠탑 안 본 사람도 있고 브라질 리우까지 가서 예수 동상을 우습게 여기고 패스한 사람들도 많다. 여행이란 꼭 유명 관광지를 가는 것보다는 이름 없는 동네에 가서 현지인들의 일상으로 들어가 보는 것도 만족도가 꽤 높다고 스스로 위안하면서 팔렌케를 떠났다.

03 산크리스토발

2월 17일(일요일) 산크리스토발로 가는 버스는 오전에 5회 있고 오후에는 21시와 23시에 출발하는 야간버스가 있다. 승객 4명에 기사 2명 총 6명이 타고 팔렌케를 12시 10분에 출발했다. 버스는 산크리스토발을 바로 안 가고 비아에르모사라는 도시를 거쳐 승객들을 더 태우고 출발했다. 어제 이어 오늘도 종일 버스를 탄다. 여행이란 내 마음대로 쉽게 안 된다. 훤할 때 버스를 탔는데 이제 해가 지고 어둠이 찾아왔다. 산크리스토발까지는 아직 두어 시간은 더 가야 한다.

OCC 버스는 고속버스 급인데 도로변에 정차하더니만 무언가를 기다리는 눈치다. 승객들에겐 아무런 설명도 없다. 아마도 기사 개인 일이 아닐까 했는데 보니 교대할 기사를 기다린다. 늦게 택시로 온 기사가 타고 다른 한 명의 기사가 내렸다. 21시 산크리스토발 버스 터미널에 도착했다. 버스에 내리니 춥고 으스스하다. 터미널 ATM에서 1,000페소 뽑고 빠른 걸음으로 예약한 호스텔로 걸어갔다. 푸에르타 비에하 호스텔 이름도 요상스럽다. 초인종을 누르니 누군가가 쪽문으로 얼굴을 들이 내밀고 예약했냐고 묻고 문을 열어준다. 널찍한 내부가 보이는데 생각했던 거 보다 좀 낡은 목조 건물이었다. 침대에 콘센트가 안 보여서 리셉션에 내려가 콘센트가 있는 침대로 바꿔 달라고 하니 콘센트가 무슨 말이냐고 묻는다. '플러그'라고 하니 알아듣는데 바꿔줄 침대가 없단다. 그냥 돌아와서 좀 멀지만 벽에 붙은 곳으로 전원을 연결했다. 따뜻한 전기매트를 깔고 잤다. 푹푹 찌던 메리다와는 달리 여기 산크리스토발은 해가 지면 추웠다.

산크리스토발의 눈부신 아침

아침 조식은 8시부터라 5분 전에 내려갔는데 벌써 사람들이 북적였다. 주방에는 두 여인이 연신 음식을 만들고 남자가 주문받는다. 메뉴는 3가지 중 하나를 선택하면 된다. 남미 여행 중 여러 호스텔을 갔지만 무료로 주는 조식에 메뉴를 선택해 먹는 것은 여기가 처음이다. 일단 평범한 팬케이크를 주문했다. 커피랑 팬케이크 2조각과 파인애플, 사과, 바나나에 요구르트로 토핑한 음식이 나왔다. 1박에 9달러 만원도 안 되는 돈으로 이렇게 훌륭한 조식을 주다니 ㅋㅋㅋ

맛있게 먹고 뒤뜰에 나가보니 해먹이 있다. 노란 수술을 달고 빨갛게 핀 이름 모를 예쁜 꽃밭 속에 누워서 햇볕을 쬐니 세상 부러울 게 없다. 눈을 감고 있으니 주위에 외인들의 두런두런 이야기 소리도 들리고 어디선가 날라 온 찌르르하고 새소리도 들린다. 하늘은 구름 한 점 없는 푸르름 그 자체이고 눈 부신 태양은 점점 다가온다. 이것이 산크리스토발인가?

점심 먹으려고 눈도장 찍었던 '오늘의 메뉴 집'으로 갔는데 오늘의 메뉴가 없다. 그래서 비 오는 날 먹으려고 아껴둔 보졸레를 먹으러 갔다. 먼저 소스 4가지와 함께 식전 음식 나초가 나왔다. 소스는 새콤한 맛, 밍밍한 맛, 김치 맛과 눈으로는 자장면 소스인데 맛보면 발효가 된 보글보글 거리며 짭조름한 소스다. 주문한 음식은 Pozole(보졸레)는 채소 샐러드가 따라 나왔다. 보졸레는 닭 살코기를 옥수수와 삶은 닭백숙인데 만약 얼큰하다면 딱 닭개장 맛이다. 보졸레 74페소(4,300원) 커피 15페소(870원)로 89페소 나왔는데 100페소 주고 나왔다.

환전
배낭여행 출발 전에 달러랑 쿠바에서 쓰려고 유로화를 준비해서 왔는데 유로화는 쿠바에서 쓸 기회를 놓치고 멕시코에서 환전했다. 달러는 브라질부터 틈틈이 환전해서 쓰고 있다. 결론을 말하면 달러는 손해 안 봤고 유로화는 약간의 손해를 봤다.

국내에서 100유로를 129,000원에 환전해서 멕시코 현지에서 환전해보니 100유로당 아래와 같다.

● 플라야 2,065페소 120,680원
● 메리다 2,070페소 120,972원
● 산크리 2,025페소 118,342원 (산크리스토발)
※ 유로는 멕시코에서 손해를 보았다.

국내에서 100달러를 112,000원에 환전해 남미에서 현지화폐로 환전해보니 100달러당 아래와 같다.

● 아르헨티나　3,920페소 113,972원
● 칠레　　　68,100페소 116,013원
● 볼리비아　　690페소 112,371원
● 페루　　　　334페소 113,192원
● 멕시코 칸쿤 1,785페소 104,364원
※ 멕시코를 제외한 나라들은 이익을 봤는데 멕시코 칸쿤에서 환전은 나빴다.

결론 달러가 답이다.

차물라Chamula (일명 코카콜라 성당)

산크리스토발 외곽에 있는 차물라는 반정부 성향이 강해 중앙정부 행정력이 미치지 않는 곳이다. 자치구로서 치안대도 있다. 이 동네에는 유명한 성당이 있는데 토속신앙과 가톨릭이 섞여 있고 신도들이 코카콜라를 앞에 두고 기도하는 이상한 곳이라 소문이 났다. 산크리스토발에서 차물라로 가는 콜렉티보 타는 곳은 대성당 광

장을 우측에 끼고 길 따라 쭉 간다. 소칼로(광장)에서 약 10분 정도 가면 T자형 골목길이 나오고 10시 방향을 보면 콜렉티보가 고개를 살짝 내밀고 있다. 드라이버가 '차물라'하고 소리치는 곳이 콜렉티보 터미널이다. 여기 말고도 다른 곳에서도 차물라로 가는 콜렉티보 타는 곳이 있다. 15인승 콜렉티보(미니버스)는 이미 사람들이 찼고 타자마자 출발했다. 차물라는 보통 여행사 투어를 이용하지만, 오늘도 현지인들로 가득 찬 콜렉티보를 이용해서 갔다. 콜렉티보는 편도 18페소 받는다. 이것도 전에는 14페소라 알고 있는데, 조그만 유명해지면 사람들이 몰리고 뭐든지 올라간다. 콜렉티보는 차물라 광장이 종점이다. 광장은 평소에는 한가하나 주말에는 큰 시장이 들어선다고 한다. 성당은 차물라 광장 끝에 있는데 성당 입구를 지나면 성당 앞 광장이 나오고 여기도 규모가 커서 주말에는 결혼식 행사가 열린다고 한다.

정식 명칭은 산후안 성당이다. 종탑만 없으면 성당이라고 보기 힘들게 기존 성당과는 분위기가 다르게 꾸며졌다. 입장하면 내부에서는 사진 촬영도 안 되고 메모지에 글 적는 것도 안 된다. 오로지 눈으로만 봐야 한다. 안으로 들어가자 엄청난 수의 촛불이 눈에 확 들어왔다.

제단 위에는 물론 바닥에도 수많은 불꽃이 일렁거리고 있었다. 일반적으로 볼 수 있는 의자는 아예 없고 바닥에는 알 수 없는 풀들로 잔뜩 깔려있었다. 어둑어둑한 실내 모습은 신흥종교처럼 일단의 신자들이 군데군데 모여 앉아 있고 주변 바닥에는 코카콜라와 사이다로 보이는 병을 앞에 두고 뭔가를 주문을 외우고 있었다. 본존 쪽에도 커다란 제단 위에 수백 개가 넘어 보이는 촛불을 켜놓았고 역시 코카콜라가 올려져 있다. 사제로 보이는 이가 깡통에 불을 피워 다니면서 연기를 사방으로 뿌리고 있었다.

본존에는 San juan bautista 라고 적혀있는 아래 누군가가 십자가를 들고 서 있는 그림이 걸려있었다. 양쪽 벽에는 일반 성당에서 볼 수 있는 성자들이 쭉 나열되어 있고 성자들 앞에도 수백 개의 촛불이 타고 있었다. 하나씩 봐도 필자가 아는 성자의 이름은 없었다. 내부는 촛불의 열기로 후끈 달아올랐으며 중앙 한쪽에는 아코디언과 북을 치는 사람들도 있었다. 연기가 너무 심해서 한 10여 분 둘러보고 나왔다. 더 있다가는 연기로 질식할 것만 같았다.

그들의 진정성을 이해하려고 해도 장삿속이 엿보였다. 신자들의 행동은 미리 짠 각본처럼 뭔가를 하고 있었고 그 속을 관광객들이 헤집고 다녀도 아무런 표정 변화가 없이 코카콜라를 앞에 두고 주문을 계속 외우고 있었다. 내부 사진을 못 찍게 하는 것은 뭔가의 신비스러운 분위기를 연출해 관광객들을 끌어모으려는 수단 같았다. 코카콜라 성당은 종교를 믿는 장소도 사이비 종교도 아닌 한편의 이상한 연극을 보여주는 곳일 뿐이다.

산크리스토발 과달루페 성당

다시 산크리스토발로 돌아왔다. 시내로 내려오는 길에 과일 한 팩을 샀다. 10페소(600원)에 달콤한 망고, 파파야, 멜론, 수박, 오렌지가 섞여 있었다. 과일을 먹으면서 진짜 성당 구경해보기로 했다. 여기 동네 양쪽 언덕배기에 이름이 같은 성당이 두 군데 있다. 과달루페 성당이다. 중심지인 소칼로 기준으로 먼저 왼쪽 성당을 가본다. 꼭대기 나무 수풀 사이에 성당이 있는데 예쁜 색깔의 집들이 힘든 발걸음을 그나마 덜어준다. 힘들게 올라왔는데 별로 볼 거는 없다. 내부는 역시 소박한 모습이다. 다시 내려가서 반대편에 있는 과달루페 성당으로 가본다. 역시 꼭대기 위까지 올라가야 만날 수 있다. 시골 마을에서 흔히 볼 수 있는 작은 성당 분위기인데 안으로 들어가 보면 이상야릇한 감정을 표현하기 어려운 뭔가가 있었다.

아데오ADO 앱에서 와하카로 가는 버스를 예매하려고 시도하는 중 카드가 안 먹혀서 아데오 버스는 포기하고 공원 옆 골목에 있는 OCC 매표소로 갔다. 가격은 아데오 앱보다 50페소 비싼 것 같다. 오후에는 호스텔 뒤뜰 해먹에 몸을 맡기고 쉬었는데 저쪽에서 뭔가가 보여 주워보니 100페소(6천 원)다. 이번 여행 때는 돈을 잘 줍는다. 저녁으로 생선튀김 요리를 사 먹었다.

호스텔 무료 조식 서비스

 호스텔 조식으로 오믈렛을 선택해서 맛있게 먹었다. 바나나를 살짝 말려서 오븐에 익혔는데 졸깃하게 맛있고 양파 등 채소를 볶아서 달걀 부침개로 돌돌 말은 오믈렛과 바게트 2쪽 그리고 빵을 찍어 먹는 팥 소스(우윳가루 토핑). 1박당 만원도 안 되는 숙박비에 이런 훌륭한 조식 무료 서비스는 배낭여행을 수 없이 다녔지만 처음이다. 더 놀라운 사실은 메뉴가 매일 다르고 매번 3종류의 다른 메뉴를 내는데 그중 하나를 선택해야 하는 즐거운 고민이 있다.

산크리스토발 색감

산크리스토발 색감 찾기에 나섰다. 산크리스토발 보행자 전용거리는 꽤 길다. 끝에서 끝까지 설렁설렁 걸어가면 약 20여 분은 걸린다. 멕시코 여러 도심도 색이 화려하지만 산크리스토발의 건물들은 강렬한 원색으로 눈을 즐겁게 했다. 건물뿐만 아니다. 내부의 의자며 테이블 심지어 길거리에서 파는 노점상인들 복장도 원색으로 눈에 확 들어온다. 사실 건물 외벽만 색칠해서 화려하지만, 내부에 들어가 보면 지저분하고 낡았다. 그래도 색칠해서 예쁘게 보이는 것은 여자가 화장하는 거랑 같다. 꾸며서 예쁘게 보이면 눈이 즐겁지 아니한가. 화장 안 하는 여자보다 화장하는 게 더 예쁘고 건물도 알록달록 색깔을 입히면 더 화려하게 보인다. 산크리스토발 여행자거리를 걸어보면 다양한 인종과 그들의 언어들을 들을 수 있다. 세계 배낭여행자들의 무덤이

라는 시나이반도의 다합이나 태국 북부지방 빠이처럼 산크리스
토발 역시 물가 저렴하고 각종 취미스쿨이 다양해서 배낭족들은
그냥 먹고 놀면서 장기 체류한다.

길을 걷다가 미치도록 예쁜 산타루이스Santa Luis 성당이 나타났다. 속살을 보고 싶었지만, 문이 잠겨있었다. 흰색 외벽에 코발트색 기둥으로 치장한 산타루이스는 바로 천국이나 다름없어 보였다.

2월 21일(목요일) 호스텔에서 조식을 먹고 배낭을 꾸렸다. 장거리 버스를 타는데 먹거리로 동네 빵집에서 빵을 샀다. 전부 합해서 36페소(2,160원) 너무 싸다. 여기 빵집들은 웃기는 게 전부 이런 촌스러운 쟁반을 쓴다.

〈푸에르타 비에하 호스텔〉   〈빵 5개〉

와하카로 가는 OCC 버스는 오전 10시 15분에 출발했고 승객은 10여 명으로 많지 않았다. 배낭 여행객들은 거의 야간버스를 타고 가지만 여행 막바지가 되고 보니 체력이 바닥나서 주간 버스를 탔다. 아마도 종일 가야 할 것 같다. 와하카에서 4일 정도 머물고 마지막 여정지인 멕시코시티로 들어간다.

이번 여행도 10여 일 남아 종반에 접어들었다. 건강은 별다른 이상은 없고 초, 중반까지만 해도 하루 5, 6시간은 씩씩하게 걸어 다녔는데 요즘은 3, 4시간만 걸으면 급 피곤해진다. 서서히 방전되는 느낌이다. 산크리스토발에서 푹 쉬었다고 생각되는데 머리는 쉬었지만, 몸은 아닌 것 같다. 여행 출발 전에 새 운동화를 신었는데 벌써 구멍이 나고 작은 돌멩이들이 들어와 성가시게 군다. 왼쪽 엄지발가락 발톱에 피멍이 약간 발생한 거 외는 발도 이상 없고, 무릎 관절은 피츠로이 12시간 트레킹할 때 물파스를 떡칠한 덕분인지 그런대로 넘어갔다. 알러지도 매일 한 알씩 먹고있는데 잠잠하다. 걱정되었던 우유니나 마추픽추, 쿠스코에서의 고산증세도 없었다. 메리다에서 길거리 음식을 사 먹고 복통과 설사한 것 외는 아직 정상 상태로 가고 있다. 그러나 2년 전 110일 러시아 유럽 배낭여행 때보다는 체력이 많이 약해진 것을 알 수 있다. 나이가 드니 어쩔 수 없는 일이다. 마지막 귀국 비행기 탑승까지 멘탈 잡고 건강에 유의해야겠다.

중, 남미 버스의 공통점이 차내 에어컨을 너무 과도하게 틀어서 춥다. 버스를 탈 때는 긴 바지와 긴팔 셔츠를 입는데 이것도 부족해서 긴팔 겉옷을 항상 지참했다가 덧대어 입는다. 현재 버스 실내 온도가 19도까지 내려갔다. 또 하나는 비디오를 틀어주는데 음향이 너무 커서 소음이다. 과연 비디오를 보는지 궁금해서 한 번씩 둘러보는데 보는 승객이 아무도 없었다. 그리고 탔다 하면 기본 10시간은 타고 가야 해서 먹거리나 생수 준비는 필수다. 중요한 것은 중간에 들리는 터미널이나 휴게소에서 쉬었다가 출발할 때는 승객이 탔는지 파악을 안 하고 출발하기 때문에 신경 쓰지 않으면 버스를 놓칠 수 있다. 산크리스토발에서 오전 10시 15분에 출발해서 장장 12시간 20여 분 만에 와하카에 도착했다. 도로가 구불구불하여 돌고 돌아오는데 하룻낮을 보냈다. 중, 남미에서 버스 열댓 시간 타는 것은 아무 일도 아닌데 오늘은 좀 힘들었다.

산크리스토발 여행 후기

산크리스토발은 멕시코시티로 입국한 배낭 여행객들이 남쪽으로 내려오면서 남미로 가기 전에 장기간 머물면서 쿠킹클래스, 살사댄스, 가죽공예, 요가 등을 배우는 배낭 여행객들의 성지 같은 곳이다. 멕시코에서 물가가 가장 저렴하며, 예쁜 카페들도 즐비하고 한국식당도 여러 군데 있고 한인 민박집도 있다. 멕시코이지만 멕시코가 아닌 다른 색채가 강한 산크리스토발은 치안도 물가도 좋아서 머물기가 딱이다. 여기에 놀면서 스페인어를 배워서 남미로 내려간다.

푸에르타 비에하 호스텔

4박 5일 숙박을 했는데 1박에 9달러로 저렴했고 특이한 점은 매일 무료 조식 메뉴가 다르고 3가지 중 한 가지를 고르면 즉석에서 요리해 준다는 것이 무척 인상적이었다. 호스텔 내에는 쉴 공간들이 다양했다 뒤뜰에는 정원 속에 해먹이 있었고 실내 휴게실도 넓고 안락한 소파도 여러 개 있었다. 룸은 실내가 좀 어둡고 콘센트가 부족한 점 등이 있지만 대형 호스텔이고 하룻밤 숙박비가 9달러 만원이 안 되는 가격으로 어메이징한 조식 서비스를 제공하는 것은 놀라운 일이다. 남미 여행하는 동안 브라질

CLH 이과수 호스텔, 산티아고 프라자 아르마스 호스텔과 여기 푸에르타 비에하 호스텔이 가장 기억에 남는다. 전부 조식 서비스가 호텔급이었다. 호스텔 바로 앞에는 환전소가 있고 5분 거리에 광장과 여행자 거리가 있다.

04 와하카

 2월 22일 (금요일) 와하카 시내는 거의 단층 건물로 도시가 아담하다. 영어식 표현은 오악사카OAXACA인데 원주민들은 와하카로 부른다. 와하카의 핫플레이스는 산토도밍고 성당과 그 주변이다. 성당 광장을 중심으로 먹거리와 볼거리가 모여있다. 성당은 1572년에 짓기 시작해서 약 200년 후에 완공된 바로크 양식의 성당이다.

산토도밍고 성당

멕시코는 스페인 정복지라 문화가 스페인의 아류라는 인식에 별반 기대를 안 했고 입장료가 있으면 패스하려고 했는데 무료입장이라 들어갔다. 산토도밍고 성당은 남미 여행 중 많은 성당을 봤지만 화려함의 극치랄까 꼭 보석상자 속에 들어와 있는 느낌이었다. 입구 천장화부터 기를 팍팍 죽이는 화려함은 어릴 때 문방구에서 팔았던 조그마한 막대 프리즘을 들여다보는 것 같이 반짝반짝 빛났다.

본당보다 옆에 붙어 있는 성모마리아를 모신 방이 더 아름다웠다. 성모는 웨딩드레스처럼 흰색 드레스를 입어 더욱 돋보였다. 성모 방 천장도 화려함의 극치를 이루고 있었다. 가운데 조각품 중에 피에타도 보였다. 피에타란 이탈리아어로 '자비를 베푸소서'라는 뜻으로 성모마리아가 죽은 그리스도를 안고 있는 모습을 표현한 그림이나 조각상을 말한다. 미켈란젤로가 25세 때 조각한 작품이 바티칸 성 베드로 성당에 원본으로 전시되어 있다.

잠시 앉아있었는데 종일 있어도 배가 안 고플 것 같은 산토도밍고 성당이었다. 무료로 입장한 성당이 의외로 화려하자 옆 건물에 들어가니 입장료를 받는다. 뭐지? 하고 두리번거려보니 옛날에는 수녀원인데 지금은 와하카 지역 박물관이다. 성당을 본 기대감으로 75페소(4,400원) 주고 들어갔는데 여기도 의외다. 75페소가 전혀 아깝지 않았다. 입구에 와하카 변천사를 기록한 것들이 있고 소지품은 무료 보관이다. 안으로 들어가니 복도가 네모로 이어져 있고 가운데는 뜰이있다. 파티오(Patio)라고 위쪽이 트인 건물 내의 뜰이란 의미로 스페인에서 유래되었다. (이슬람 건축 양식) 스페인 알람브라 궁전에 가면 여기와 비슷한 파티오가 있다. 1층 분수대가 있는 정원을 보고 2층으로 올라가니 계단 위 천장에 멋진 그림이 보였다. 그리고 사방 복도 옆에는 조그마한 방들이 여러 개 있는데 방마다 보물들이 가득한데 진짜 화려했다.

와하카 생선요리

점심 먹을 식당을 찾다가 들어간 곳은 꽤 규모가 있는 식당인데 손님이 없었다. 마침 그림 메뉴가 있어서 주스랑 생선요리를 주문했다. 식전 음식이 나왔는데 과자는 밀가루에 달걀노른자를 풀어 반죽해서 기름에 튀겼고 그 옆은 파인애플에 설탕을 넣어 걸쭉하게 달여서 만든 소스와 또 다른 접시는 우뭇가사리에 당근을 썰어 설탕과 식초를 넣어 새콤달콤한 맛이 났다.

주스는 이름을 듣고도 잊어버렸는데 번역기 돌려 종업원에게 물어보니 '하마이카'라고 한다. 하마이카 주스는 오미자차 맛이다. 일단 색깔이 붉어 식욕을 돋우고 흰 살 생선요리랑 잘 맞는다. 생선요리는 '모하라'라고 한다. 통구이 생선은 방콕에서 한번 먹어보고는 첨이었다. 밥은 버터에 살짝 볶아서 그냥 맨밥보다 윤기가 더 있었다. 생선은 오븐에 적당히 구워져 껍질은 바싹거

렸고 속은 촉촉했다. 195페소(12,000원) 나왔다. 생선요리가 175페소, 주스가 20페소)

와하카 버스 터미널

터미널에서 모레 출발하는 멕시코시티 TAPO(시티 중심부)행 9시 20분 표 달라고 했는데 티켓팅은 되는데 그 시간에 출발하는 버스는 여기서는 탈 수 없고 AU 터미널로 가야 한단다. 그럼, 여기서 탈 수 있는 것은 뭐냐고 하니 아데오ADO 버스란다. 티켓값은 563페소이고 AU에서 타는 것은 280페소로 배나 차이가 난다. 아직 ADO 버스는 못 타봐서 티켓팅했다. 매표소 직원이 37페소를 추가하면 나중에 변경 환불되고 563페소짜리는 변경, 환불이 안 된다고 한다. 알았다 하고 그냥 563페소짜리 티켓을 발권했다.

와하카 버스터미널은 ADO터미널과 AU터미널로 두 군데 있다. ADO터미널에는 1등급인 ADO버스와 2등급 OCC버스가 있다. 3등급인 AU 버스는 요금은 많이 저렴한데 터미널이 외곽에 있고 동네란 동네는 다 정차하는 완행버스다. 특히 치안이 안 좋은 동네로 가면 강도들이 승객들 금품을 갈취하는 일도 자주 발생한다고 가급적이면 ADO나 OCC 버스를 이용하라는 안내를 받았다.

소칼로

소칼로 쪽으로 걸어가는데 점심때가 되었다. 뭘 하든지 끼니 때는 어김없이 돌아오고 배는 채워야 산다. 뷔페식당이 눈에 들어와서 먹고 있는데 밖에서 뭔가 쿵작~ 쿵작거린다. 화다닥 뛰어나가 보니 결혼식 마친 신랑, 신부가 뒤풀이로 거리에 나왔다. 하객들은 북을 치고 꽃을 뿌리면서 축하 행진이 이어졌고 광장에 도착한 이들은 관광객들과 섞여 한판 놀고 있다. 필자도 그들 속으로 들어갔다

소칼로Zocalo는 배꼽이란 뜻인데 보통 중심 광장을 말한다. 가운데가 공원이고 노점상도 많고 사방이 식당이나 카페들로 둘러싸여 있다. 와하카에서 일어나는 행사는 대부분 여기서 열리면서 한편 시민들의 쉼터 역할을 한다. 공원 한쪽에는 한국 아이돌 음악을 틀어놓고 댄스 연습하는 와하카 아이들로 소칼로는 늘 이렇게 시끌벅적하다.

공원에서 길 따라 쭉 가면 고기 전문 시장이 나온다. 여기는 고기 따로 밑반찬 따로 판다. 국내 회센터에 가면 도다리나 광어 같은 고기를 사가면 회를 떠주고 매운탕까지 해주는 식당이 따로 있듯이 여기도 고기 사서 구워주는 식당에 가면 밑반찬과 밥을 먹을 수 있다. 오가며 메뉴판을 보니 100페소(6,000원) 내외다.

Basilica of Our Lady of Solitude 성당

공원을 나와 걸어가는데 무척 올드해 보이는 성당을 발견했다. 성당 이름을 직역해 보니 '고독한 성녀가 있는 성당'이다. 구글 검색에는 로마 가톨릭 성당의 바실리카다. 교황으로부터 특권을 받아 일반 성당보다 격이 높은 성당을 말한다. 400여 년 전에 지어졌으며 와하카의 수호성인이고 고독의 동정녀인 성모가 모셔져 있는 바로크 양식의 성당이다. 일반 관광객들은 잘 모르는 곳인데 세계문화유산으로 지정되었다고 한다.

내부는 보잘것없으나 본존은 눈을 즐겁게 했다. 성당 이름이 기도하는 수녀이듯이 본존은 와하카를 지키는 처녀 수호성자. 바실리카 즉 성모마리아로 추측해 본다. 수호 성자의 드레스는 절대자를 상징하는 검은색 바탕에 황금빛 자수를 놓은 것인데 매우 아름다웠으며 천상에서 바로 내려온 듯 신비스럽기까지 했다. 여태까지 본 드레스 중에서 가장 신비감을 느꼈다. 공포와 권위를 상징하는 블랙 바탕에 황금빛 자수를 수놓은 드레스는 치마와 세트인 망토를 걸쳤고 얼굴 테두리 역시 황금에다가 보석으로 치장했다. 그런데 이와 유사한 드레스를 유럽 어디선가 봤는데 기억이 안 난다.

다시 소칼로에 가니 음악회가 열렸다. 50여 명으로 구성된 작지 않은 관현악단이다. 어떤 악기로 구성되어 있나 살펴보니 왼쪽부터 트롬본, 그 옆에 오보에, 그 뒷줄에 호른, 지휘자 앞에 플롯, 뒷줄에 큰 북, 심벌즈, 오른쪽에 바순, 뒤로 튜바, 오른쪽 뒷줄에는 트롬본, 큰북, 팀파니, 그 옆에 리듬박스가 있는데 완벽한 오케스트라는 아니지만, 야외라는 것을 고려할 때 어느 정도는 구성된 것 같다. 다만 현악기는 하나도 안 보여서 좀 아쉬웠다. 사실 현악기(바이올린, 비올라, 첼로, 콘트라베이스)를 좋아하는데, 이유는 목관악기나 금관악기에 비해서 연주할 때 몸을 많이 쓴다. 바이올린이나 비올라만 봐도 연주가 절정에 오르면 머리를 비트는 것을 볼 수 있다. 록 음악에도 리더 기타가 리듬을 탈 때는 기타를 쥐어뜯듯이 광란의 몸짓이 따르고 심지어는 헤드뱅잉(Headbanging)까지 나온다.

조금 감상하다가 배가 고파서 식당으로 갔다. 아무리 우아하고 고상한척해도 금강산도 식후경이란 말이 딱 맞다. 어제 먹었던 뷔페식당인데 오늘은 닭고기가 없고 삶은 돼지 족발이 있었다. 잘 먹고 오전에 봤던 바실리카를 한 번 더 보려고 가니 마침 결혼식을 한다. 이때가 인생에서 가장 행복한 순간이다. 그러나 순간은 영원하지 않다. 결혼식이 끝나고 다시 조용해진 성당 그리고 오랫동안 바라다본 수호성인 성모마리아는 감히 범접하지 못할 강렬한 포스를 남겼다.

조용했던 골목길들이 밤이 되자 하나, 둘 가로등이 켜지더니 사람들이 광장으로 몰려나왔다. 한 무리의 관광객들과 뒤섞여서 시원한 와하카의 밤공기를 즐겼다.

2월 25일 (월요일) 호스텔 조식을 먹으러 가니 오늘은 멀리 떠나는 걸 아는지 식빵은 물론 시리얼까지 준다. 커피에 우유를 듬뿍 타서 잘 먹고 터미널로 갔다. 와하카에서 멕시코시티까지는 약 7시간 걸리는 듯하다. ADO 제복을 입은 직원이 표 검사하고 옆에 서 있는 여직원이 아주 간단한 보안 검색을 한 후 버스에 올랐다.

유카탄반도 산크리스토발에서 5일, 와하카에서 5일간 머물렀는데 제법 푹 쉰 것 같다. 몸이 노쇠해서 며칠 쉬었다고 예전 체력이 쉽게 회복은 안 되지만 그래도 기분은 좋았다. 단지 산크리스토발이나 와하카 주변에 있는 명소들을 가보지 못해서 아쉽지만, 푹 쉬었다는 데 의미를 두었다. 주변 명소라고는 피라미드 유적지인데 피라미드는 유카탄반도에서 충분히 봤고 멕시코시티에 가면 최대 피라미드인 테오티우아칸이 기다리고 있다.

멕시코시티 버스터미널은 여러 군데 있는데 시티 중심가에 있는 터미널이 TAPO다. 버스티켓 발권할 때 멕시코시티 TAPO라고 해야 시내 접근하기 좋다. 호스텔은 TAPO에서 걸어서 약 40여 분 걸리는 소칼로(광장) 부근에 있다. 호텔급 시설이라는데 기대된다. 그리고 멕시코시티에서는 프리다 칼로가 있고 과나후아토는 갈지 말지 아직 결정을 못 했다. 귀국 일까지는 약 10일 남았다.

와하카랑 멕시코시티는 고속도로로 연결되었다. 톨게이트도 있고 표시판도 달라 보였다. ADO 버스는 한 번도 안 쉬고 멕시코시티까지 논스톱으로 달렸다. 출발 전에 빵을 미리 준비해서 다행이지 점심을 굶을 뻔했다. 와하카에서 오전 10시에 출발했는데 멕시코시티 TAPO 터미널에 16시 10분에 도착했다. 약 6시간 걸렸다. 보통 중간쯤에 휴식하면서 점심 먹을 시간도 갖는데 논스톱이었다.

05 멕시코 시티

구글 지도를 보고 pepe 호스텔까지 최단 거리를 파악해서 걸었다. 딱 40분 걸렸다. 입구에 pepe라고 간판이 크게 걸려있고 경비원이 리셉션까지 안내해 준다. 부킹닷컴에서 290페소인데 세금이 54페소나 붙어서 1박에 344페소(20,000원)다. 이번 중, 남미 여행 중 최고로 비싼 호스텔이다. 타월과 룸키는 Deposit(보증금)으로 100페소 주고 124번 침대를 배정받고 1층으로 내려가서 룸을 찾았다. 룸 번호가 120번이 있고 바로 옆에는 130번이 있다. 어라? 124는 어디에 있나??? 하며 복도를 쭉 따라 들어가 보니 없다. 순간 120호 안에 있나 하고 120호에 룸 키(카드키)를 대니 스르륵 하고 반응한다. 문을 열고 들어가 보니 124번은 룸번호가 아닌 침대 번호였다.

Deluxe 8 Bed Mixed Dorm이다. 도미토리 침대가 8개 남녀 혼성 룸이다. 침대에는 커튼이 달려있고 제법 두툼한 이불과 하얀 리넨이 덮여 있다. 그리고 개인 전등과 선반, 귀중품 보관(금고)도 있고 전기 콘센트도 있었다.

지금까지 만 원짜리에 자다가 호텔 같아서 기분이 좋았다. 배낭을 두고 소칼로Zocalo에 갔다. 걸어서 딱 5분이다. 소칼로는 멕시코시티 중앙광장이고 규모가 세계에서 2번째로 넓다. 주변에 대성당과 대통령궁이 있다. 참고로 세계에서 가장 큰 광장은 중국 천안문 광장이다.

소칼로에는 오늘 무슨 행사가 있었는지 광장에 노점 천막들이 들어서 있고 무대에는 연주가 한창이었다. 날씨가 어둑어둑해지고 비가 조금씩 내리기 시작했다. 저녁으로 뭘 먹을까 어슬렁거리다가 현지인들이 들락날락하는 식당이 있는데 좀 허름했지만, 입구에 제법 나이가 있는 노인이 들어오라고 손짓한다. 딱 보니 강하고 프로의 포스가 느껴졌다.

메뉴판도 없다. 벽에 스페인어로 잔뜩 적혀있는데 뭘 알아야 주문하지 그냥 타코를 달라고 하면서 뽀요(닭)를 강조했다. 아는 스페인어라고는 뽀요가 전부다. 종업원이 뭔가를 말하는데 고개만 끄덕일 수밖에 없다. 그래야 뭐라도 갖다주겠지 했는데 음식이 나왔다. 밥이랑 옥수수로 만든 수제비가 든 닭국이다. 시장이 반찬이라고 점심은 버스 안에서 빵 하나 먹어서 배가 고팠다. 밥을 거의 다 먹었을 때쯤에 주문한 음식이 이게 전부 인가?

슬슬 걱정되어 벽에 적힌 메뉴를 힐끔힐끔 보게 되었다. 뭐 더 시켜야 하나 고민하고 있는데 타코가 나왔다. 타코는 옥수수 가루로 만든 동그랗고 얇은 토르티야에 쇠고기, 돼지고기, 닭고 기 등을 다지고 토마토, 양배추, 양파, 치즈 등을 올려놓은 뒤 이를 반으로 접어서 살사소스 등과 함께 먹는 멕시코 전통 음식 이다. 필자가 주문한 타코는 안에 닭고기와 채소를 갈아 넣은 타고다. 매운맛 소스를 곁들여 먹어보니 맛있었다. 잘 먹고 76 페소 나왔는데 팁 포함해서 80페소(4,800원) 주었다. 호스텔로 돌아와 구글 지도로 검색해보니 동네 맛집이었다.

테오티우아칸 피라미드

2월 26일(화요일) 테오티우아칸 피라 미드를 어떻게 가야 하는지 구글맵으로 보 니 지하철이 제일 빠르다. 일단 소칼로에 서 지하철을 2번 갈아타면 북부 터미널 에 도착한다. 여기서 피라미드로 가는 버 스를 타면 된다. 처음 타보는 멕시코시티 지하철이라 약간 긴장돼서 수첩에 갈아 탈 지하철역을 적었다. 폰으로 구글맵이 나 Moovit앱을 열어도 되는데 폰 날치기에 빠짝 쫄아서 수첩에 적었다. Moovit앱은 citymapper와 같은 기능으로 멕시코시티에 서 아주 유용한 교통정보다. 현재위치에서 갈 곳을 입력하면 어 디서 무엇을 타야 하는지 일목요연하게 제시해 준다. 멕시코시 티 지하철은 색깔별로 노선이 구분 돼서 찾기는 쉬운데 어느 방 향인지는 몰라서 갈아탈 때마다 경찰에게 묻곤 했다.

소칼로에서 09시 45분에 출발해서 10시 30분에 북부터미널역(Auto buses del norte)에 도착했다. 터미널 안으로 들어가서 왼쪽으로 가면 8번 게이트 옆 작은 부스에 테오티우아칸이라 적혀있는 곳이 있다. 왕복으로 104페소 주고 발권하고 8번 게이트로 나가서 버스를 타면 된다. 오는 버스는 아무 때나 타도된다고 한다. 버스 앞 유리창에 큰 글씨로 피라미데스라고 적혀있었다. 10시 40분 출발해서 11시 40분에 도착했다. 드라이버가 피라미드라고 외치면 내리면 된다.

피라미드 입구 매표소 창구에서 제복 입은 남자들이 티켓팅을 도와준다. 75페소다. 유카탄반도에 있는 피라미드들은 완전 바가지다. 특히 치첸이트사는 입장료 481페소나 주었다. 테오티우아칸은 치첸이트사보다 훨씬 더 크고 규모도 어마어마한데 요금은 6배나 싸다. 도둑놈들! 길 따라 쭉 들어가면 피라미드 티켓 체크 하는 곳이 나온다. 여기서 화장실은 필수로 들리고 2층은 식당인데 장사하는지는 모른다. 매점은 없다. 생수와 간단한 요깃거리를 미리 준비해야 하며 그늘이 한 군데도 없으므로 챙 넓은 모자와 선글라스, 수건이 필요하다.

보통 1번 입구로 들어와서 깨살 신전을 보고 죽음의 길을 따라 태양의 피라미드와 달의 피라미드를 본 후 빠빨로 뜰의 궁전을 거쳐 다시 걸어 나와 2번 입구로 나오면 북부 터미널로 가는 버스를 탈 수 있다. 깨살꼬아뜰 신전 옆으로 죽음의 길이 펼쳐진다. 끝까지 가면 걸어서 40분 걸리고 중간에 태양의 피라미드가 있고 그 끝에는 달의 피라미드가 있다.

태양의 피라미드를 바라보니 어질어질하다. 관광객들이 저 높은 꼭대기까지 올라가다니, 피라미드가 우리 대한민국도 아니고 남의 나라 제사를 지내는 신성한 곳인데 감히 올라가다니 이런 핑곗거리를 만들면서 그냥 인증샷이나 찍자며 폰을 바윗돌에 놓고 셀카를 찍었다. 점심으로 비스킷 먹으면서 고민에 빠졌다. 올라가야 하나 말아야 하나 그래 중간까지만 올라가 보자 결정했다.

중간쯤 올라가니 유적지가 훤히 잘 보였다. 다시 내려가려고 폼을 잡는데 갑자기 여기까지 올라온 게 아까웠다. 조금만 더 올라가면 정상인데 라는 생각이 들었다. 인간의 욕심은 끝도 없다. 올라갔다. 헉헉거리며 생명의 줄 로프를 꼭 잡고 한발 한발 올라가니 아니 이게 뭐야~ 개놈도 올라와 있다. 개나 소나 다 오르는 곳이네! 개 한 마리가 느긋하게 앉아서 달의 피라미드를 보고 있었다. 내려갈 때가 더 힘들다. 후들후들 떨리는 저질 체력에 한 발씩 천천히 내려왔다. 아래로 내려와서 외인에게 사진을 부탁했는데 외인이 찍은 사진들은 잘 나온 사진이 한 장도 없다. 뭔가를 잘라 먹는다. 전 세계에서 한국인만큼 사진 잘 찍는 인종은 없다. 2장 찍었는데 1장은 왼손 잘라 먹고 또 다른 한 장은 발 잘라 먹고 그래도 뭐 찍어줘서 고맙지.

끝 지점에 서 있는 달의 피라미드는 올라가지 못하게 해서 쳐다만 보고 그 옆에 빠뻴라 궁전으로 갔다. 아직도 남아있는 고대 흔적들이 벽면 가득히 묻어 있다. 안뜰을 보니 너무 예쁘다. 이런 집 짓고 한 4년만 살았으면 하는 욕심도 났다. 이젠 돌아갈 시간이다. 태양의 피라미드 앞쪽으로 난 길을 따라 쭉 가면 기념품 가게들이 나오고 이어서 화장실과 나가는 문이 나온다. 게이트에서 2시 방향에 BUS 팻말이 보였다.

이집트 피라미드는 무덤이다. 왕의 권력으로 사후세계의 영생을 바라면서 왕의 무덤을 만들었다면, 멕시코 피라미드는 무덤이 아니고 제사를 지내는 곳이다. 아마도 왕의 권력에 맞먹는 제사장이 있지 않았나 생각 든다. 제사는 국운을 좌지우지하는 중대 행사로 제사장 파워도 세기 때문에 이런 거대한 피라미드를 만들지 않았을까? 우리나라도 제사장이 존재하며 그 파워가 막강하다. 명절이나 제사 행사가 있으면 집안 최고 어른인 할머니나 어머니가 전 가족 소집령을 내린다. 그래서 명절날은 전부 고향 앞으로다. 졸병(?)들은 전전날 소집되어 어머니나 시어머니의 지휘를 받아 제사 음식을 만들어야 한다. 이젠 이런 제사 문화가 점점 쇠퇴해지고 있다.

오다가 길거리 포장마차에서 닭고기 타코를 사 먹었는데 맛있었다. 위생적인 것은 모르겠고 17페소(1,000원)로 너무 싸다.

포장마차 의자에 슬그머니 앉았다.
아줌마 : "쐴라쐴라~"(어서 와 뭐 줄까?)
필자 : "뽀요 뽀르파보르"(닭고기 주세요)

아줌마 : "쏼라쏼라~"(샐러드를 넣어 줄까, 흰 가루는?)

필자 : "씨"(yes)

(　　)는 아줌마가 한 말을 눈치로 해석한 것이다.

잠시 후 나온 음식은 닭고기를 볶아서 채소랑 옥수수 전병에 싸 먹는 음식이다. 먹으면서 얼만지 궁금했다. 얼마냐고 묻는 스페인어는 알고 있다. 물으면 아줌마는 스페인어로 또 어쩌고저쩌고할 것이 분명하고 그 말을 모르니까 물어봐도 헛방이다. 그래서 포장마차 음식이고 비싸야 30페소(1,800원)? 그래서 슬그머니 50페소(3,000원)짜리 지폐를 내미니 잔돈을 33페소를 준다. 받아 챙기고 일어서면서 그라시아스(감사합니다)! 한마디 해 줬다. 이런 작전은 주인 생각에 외인이 셈을 못 하는구나 하고 바가지를 씌울 수 있는 것을 미리 방지할 수 있다. 이렇게 하면 잔돈 특히 동전이 많이 생기는데 이 동전은 주로 마트에 가서 뭘 살 때 동전으로 처리한다. 마트는 계산할 때 모니터에 금액이 뜨고 영수증이 나오기 때문에 못 속인다. 그리고 지하철이나 시내버스 탈 때도 동전을 주면 된다.

 # 프리다 칼로의 집

2월 27일 (수요일) 어제 지하철을 탔는데 어디로 타야 하는지를 몰라 탈 때마다 경찰에게 묻곤 했는데 오늘은 확실히 알았다. 먼저 플레이스토어에 멕시코 지하철 앱을 깐다. 그리고 무빗moovit이나 구글맵을 열어 가고자 하는 곳의 지하철역 명을 검색한다. 예를 들어 소칼로zocalo에서 프리다 칼로 박물관을 간다면 프리다 칼로는 고요아칸coyoacan역에서 내려야 한다. 고요아칸 역

은 4호선으로 종착역이 Universidad 역이다. 소칼로 지하철역에서 5페소 주고 티켓을 받는다. 티켓을 개찰구에 넣고 나갈 땐 그냥 나간다. (무제한 환승이다.) 개찰하고 가고자 하는 역의 종착역인 Universidad역 방향으로 진입해서 타면 된다. (표시판을 잘 봐야 함) 즉 가고자 하는 역의 종착역 방향으로 지하철을 타면 되는 것이다. 그리고 지하철 내에서는 도착역 방송이 없다. 수시로 밖에 붙어있는 간판을 봐야 하고 혹시 글을 모르면 그림을 보면 된다. 필자가 내려야 할 고요아칸 역은 앙증맞게 생긴 여우 그림이 그려져 있다.

프리다 칼로 사후 집을 박물관으로 개조하여 평소에 사용하던 물건들을 볼 수 있도록 꾸몄고 그녀의 작품은 별로 없다. 프리다 칼로 박물관 입구 양옆으로 줄이 서 있다. 두 줄이라서 어느 줄이 예약 줄이고 현장 줄인지 몰라서 줄 선 사람들에게 물어보니 예약 줄인 사람, 아닌 사람 섞여 있는 것 같아서 비교적 짧은 줄에 섰다. 11시쯤 (수요일은 11시 오픈) 문이 열리고 필자가 선 줄 앞에 인터넷이란 팻말을 갖다 놓았고, 그 반대 방향 줄은 박스오피스란 팻말이 세워졌다. 제길 줄을 잘못 섰다. 반대 방향으로 가니 그사이 줄이 길어졌다. 그런데 입장은 가이드 인솔은 먼저 들어가고 그다음 인터넷 예매한 줄보다 현장 판매인 박스오피스 줄이 먼저 들어가는 것 같다.

1시간이나 넘게 땡볕에서 기다린 끝에 티켓을 받았다. 입장료 230페소(14,000원) 촬영비 30페소(1,800원) 아니 작품도 아니고 평소 살았던 집 구경 왔는데 촬영비까지 돈을 받나? 짜증이 나고 급 피곤해졌다. 들어가는데 직원이 모자를 벗으라고 한다. 모자? 성당도 교회도 아닌 곳인데 모자를 벗으라니 하면서 벗기는 벗었다마는 신경질이 났다. 파리 루브르도 런던 내셔널갤러리에서도 모자 벗은 기억은 없는데, 인기 있다고, 줄 서서 들어온다고 오만해졌나? 갑자기 프리다 칼로가 싫어졌다. 이왕 돈 주고 들어왔으니 사진이나 찍자 하고 휘리릭 보고 나왔다. 한 30분 체류한 것 같다.

프리다 칼로Frida Kahlo는 멕시코의 여류 화가다. 어릴 때 교통사고로 장애를 입었지만 수많은 고통을 그림으로 표현한 기구한 운명적 삶을 살다가 갔다. 그녀는 6살에 소아마비 장애를 갖게 되었고 자라서 멕시코 명문 국립학교에서 공부했다. 하교 중 그녀가 탄 버스와 전철이 충돌하는 사고가 발생했는데 버스 손잡이 역할을 하던 쇠기둥이 그녀의 몸을 관통했다. 쇄골, 척추, 갈비뼈, 골반이 골절되었고 왼쪽 다리는 산산조각이 났다.

사고 당시 18세였고, 평화를 뜻하는 '프리다'라는 이름을 가졌지만 아이러니하게도 그녀는 고통으로부터 단 한 순간도 평화롭지 못했다. 부서진 뼈를 맞추는 수술만 32번을 했고 온몸을 깁

스한 채 9달을 꼼짝없이 견뎌야 했던 그녀는 끔찍한 고통을 잊기 위해 그림을 그리기 시작했다. 팔을 제외하고는 꼼짝할 수 없었던 그녀는 침대 위에 이젤을 놓고 천장에 거울을 달아 거울에 비친 자신의 모습을 그리기 시작했다. 기적처럼 걸을 수 있게 된 21살의 프리다는 멕시코 벽화 미술의 거장 '디에고 리베라'를 운명처럼 만난다. 그녀는 20살의 나이 차이에 두 번의 이혼과 바람기로 잠잠할 틈 없는 그와 사랑에 빠지고 결혼한다. 결혼 초기의 프리다는 평범한 아내로 살았지만, 남편 디에고의 여성 편력은 끝이 없었고 프리다는 상처받고 외로워진다. 그녀는 그럴수록 그에 대한 집착은 강해졌다. 결정적으로 디에고는 프리다의 여동생과 바람을 피워 그녀의 가슴에 대못을 박고 말았다.

결국 그녀는 캔버스 앞에 앉았다. 더 고통스럽게 자신의 모습을 캔버스에 그리기 시작했다. 그녀의 일기 중에 "나는 혼자일 때가 많았고 가장 잘 아는 주제가 나였기 때문에 나를 그린다." 그리고 "내 그림들은 고통에 관한 이야기를 담고 있다. 적어도 몇 사람은 이 부분에 관심을 가져 주리라 생각한다. 혁명적인 것은 아니다. 왜 내 그림이 호전적이기를 기대하는가? 나는 그럴 수 없다. 그림이 내 삶을 완성했다. 나는 세 명의 아이를 잃었고 내 끔찍한 삶을 채워줄 다른 것들도 많이 잃었다. 내 그림이 이 모든 것을 대신해 주었다."

1939년 피에르 콜 갤러리에서 열린 '멕시코전'에 출품하여 피카소, 칸딘스키의 주목을 받으면서 그녀는 유명해졌다. 특히 칸딘스키는 그녀의 자화상을 보며 눈물을 흘렸다고 한다. 루브르에 진출한 중남미 출신의 첫 여성작가가 되었다. 그 해 디에고와 프리다는 이혼한다. 하지만 1년 만에 둘은 '성관계를 갖지 않는 것'과 '경제적인 독립'을 조건으로 재혼한다. 재혼 후 다시 남편 디에고는 그녀의 친구였던 배우 '마리아 펠릭스'와 염문을 뿌린다. 그를 버릴 수 없었던 프리다는 그녀의 이마 한가운데 디에고를 그려 넣는 자화상을 그린다. 그녀의 마음속을 지배하고 있는 디에고를 그대로 인정하고야 마는 그녀다운 그림이란 생각이 든다.

46세에 첫 개인전이자 마지막 개인전인 '칼로 회고전'을 열었다. 진통제 없인 한순간도 견딜 수 없었던 그녀는 시간이 얼마 남지 않았음을 직감했기에 침대에 누운 채 구급차로 자신의 개인전에 참석한다. 고통을 예술로 승화시킨 그녀는 몇 달 후 영원히 눈을 감았다. 그녀의 마지막 작품의 제목은 이렇다. "인생이여 만세(viva la vida)" 가슴이 찡하지 않는가! 그리고 죽기 전 그녀의 마지막 일기장에 이렇게 적었다. "이 외출이 행복하기를 그리고 다시는 돌아오지 않기를…."

관람하고 나오니 낮 12시 30분이었다. 담벼락에 줄 선 광경들을 보니 프리다 칼로의 인기를 실감할 수 있었다. 점심 먹으러 주변에 있는 시장으로 갔다. 시장 안으로 쭉 들어가니 식당들이 모여 있었고 그중에서 메뉴판에 사진이 있는 식당에 앉았다. 새우와 닭고기 타코 2개와 구아바 주스를 시켰다. 맛? 지금까지 먹어본 타코는 타코가 아니었다. 진짜 맛있었다. 요즘 표현으로 존맛탱이었다. 새우 타코가 50페소(3,000원) 닭고기 타코는 30페소(1,800원) 구아바 주스 25페소(1,500원) 팁 15페소(900원) 합계 120페소(7,000원) 주었다. 내일 또 오고 싶지만, 너무 멀다. 프리다 칼로 박물관에서는 도보 10분 남짓이다.

소칼로 광장

소칼로에는 아메리카대륙에서 최대 규모를 자랑하는 성당이 있다. 이 성당은 스페인 정복자들이 쳐들어와서 원주민(아스텍인)들이 믿는 모든 것들을 미신으로 간주하고 아스텍인이 세운 태양의 신전을 무너뜨린 후 그 위에 대성당을 세웠다. 1524년 건축을 시작해서 240년 걸려 완공했는데 내부는 보잘것없었다. 광장은 언제나 시끌벅적하다. 원주민으로 분장해서 사진 같이 찍어주고 팁 받는 이들과 뭔가 주술 의식을 해주고 푼돈 받는 사람들도 있다. 그들 뒤로는 주술 의식을 받으려고 관광객들이 모여 있었다.

예술 궁전

소칼로에서 10여 분 걸어 가면 예술 궁전이 나온다. 예술 궁전을 멋지게 찍으려면 길 건너 백화점으로 들어가 엘리베이터를 탄다. 보통 8층 커피숍으로 많이 가는데 여기는 낮은 유리창이 있어 좋은 작품을 찍기 어렵다. 7층이나 6층 창가에서 찍으면 잘 나온다. 궁전 전체를 대리석이 뒤덮고 있는 흰색 건물인데 꼭대기에 자리한 황금색 돔이 매우 인상적이다. 1층은 발레 공연장이고 2, 3층 복도에는 그림들이 걸려있다.

입장료 70페소(4,800원) 주고 들어갔다. 건물 전체가 번쩍번쩍하는 대리석으로 마감되어있다. 여기에 프리다 칼로의 남편인 디에고 리베라 작품이 있다. 리베라는 멕시코의 국민화가이자 라틴계를 대표하는데 아시아 쪽에서는 리베라보다 마누라인 프리다 칼로를 더 알아준다. 교통사고, 고통, 잔인한 그림이나 이상한 표현 방법 때문일까? 리베라는 정치적으로 좌파다. 그의 그림은 선전 선동하는 포스터부터 시작했다. 자세히 보면 자극적이다.

인간, 우주의 지배자Man, controller of the universe
디에고 리베라 작품인데 재미있는 에피소드가 있다. 미국 뉴욕을 대표하는 록펠러 건물 1층에 리베라의 그림이 걸려있었는데 정치적 압력으로 철거되었다. 원래는 록펠러 회장이 1층 로비의 그림으로 유명 화가인 마티스나 피카소에게 주문하면서 록펠러가 이들보고 직접 와서 작업하라고 하니 마티스나 피카소가 흥~ 하고 콧방귀 뀌며 단칼에 거절했다고 한다. 이 소식을 듣고 록펠러 어머니가 리베라에게 연락하여 그림을 그리도록 했다. 리베라가 승낙하고 그림을 그렸는데 그림에는 리베라의 정치적 신념이 들어갔다. 그림에는 부잣집 사모님들이 담배를 피우며 카드놀이하고 있고 기계를 다루는 노동자에 레닌까지 그려 넣었다. 즉 배부른 미국의 부자들을 비판하는 그림을 그것도 재벌인 록펠러 빌딩에 걸려있으니 신문들이 대서특필했다. 반자본주의를 상징하는 작품이라고 뉴욕은 발칵 뒤집혔고 빨갱이 그림이다, 아니다, 창조적인 그림이다. 하며 데모가 일어나자 록펠러가 리베라에게 레닌 얼굴은 지우고 링컨 얼굴을 그려 넣자고 하니 리베라가 거절하자 결국 이 작품을 부숴버렸다. 리베라는 자신의 작품을 부숴버린 록펠러에게 복수하기로 하고 다시 그림을 그렸다.

이 그림이 바로 '인간, 우주의 지배자'다. 이 그림을 보면 우주를 지배하는 노동자가 있고(가운데 남자), 레닌이 모든 인종 즉 모든 인민과 손을 잡고 뭔가를 도모하는 작업을 하고 있다. 안경 낀 남자는 세계 노동자 연합 현수막을 들고 나서고 있고 좌측 아래는 부잣집 사모님들이 담배 피고 카드놀이를 하고 있다. 록펠러에 대한 복수는 바로 우측 아래 그림으로 표현했다. 원래 술, 담배를 안 하는 록펠러를 창녀들과 마티니를 마시는 모습을 그려 넣었는데 록펠러 머리 위에 매독 세균을 그려 넣어 복수했다고 한다. 록펠러는 자신을 창녀와 놀아난 매독 환자로 만들어 버린 것에 매우 화가 났지만, 작품이 멕시코에 걸려있어 어쩌지 못했다고 한다.

록펠러와 리베라

예술의 궁전 부근에 있는 중국 뷔페식당. 118페소(7,000원)주고 새우랑 면 요리, 닭고기, 돼지갈비 요렇게 담아 왔는데 새우가 너무 맛있어서 2번째는 새우만 왕창 담았다. 새우는 크기가 제법 크고 매콤한 소스를 발라 프라이팬에 볶았는데 불맛까지 더해 깊은 풍미가 있었다. 후식으로 케이크 한 조각과 수박, 딸기, 오렌지, 사과에 요구르트, 등 포식하고 7천 원이었다.

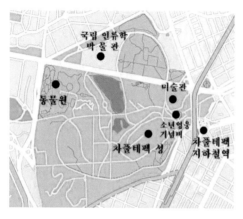

3월 1일 (금요일) 귀국일이 얼마 남지 않아서 바지랑 오리털 점퍼를 세탁소에 맡기고 지하철 1호선을 탔다. 차내 안내판을 보니 차풀테펙 역의 그림 표시는 메뚜기다. 차풀테펙은 아즈텍 언어로 메뚜기 언덕이란 뜻이다. 옛날에 메뚜기가 많이 살았나 보다. 멕시코 시내를 걸으면 노점상에서 구운 메뚜기를 판다. 필자가 중학교 다닐 때 도시락 반찬은 메뚜기 조림이었던 기억이 난다.

차풀테펙Chapultepec 공원

차풀테펙 공원은 라틴 아메리카에서 제일 큰 규모다(여의도 2.5배). 동물원, 박물관, 미술관이 있고 언덕에는 스페인 식민지 시대 총독 건물이 있다. 멕시코 독립전쟁 때는 멕시코 육군사관학교로 변신했다. 멕시코와 미국 전쟁 때 사관생도 6명이 미 해병대와 전투 끝에 방어는 했지만 모두 장렬히 전사했다. 차풀테펙 지하철역에서 걸어가면 보이는 6개의 흰 기둥이 바로 소년 영웅 기념비다.

멕시코는 스페인 지배를 300년간 받았다. 무수한 세월 동안 원주민은 사라지고 스페인 정착민인 백인과 아메리카 인디언계인 원주민 사이의 혼혈인종인 메스티조가 현재 80% 이상이며 중, 남미 대륙의 대부분을 차지하고 있다. 메스티조인 이달고 신부의 독립운동 시작으로 스페인과 치열한 싸움 끝에 독립을 쟁취했으나 국론 분열을 틈타 미국이 멕시코를 침략해서 영토의 절반을 빼앗았다. 미국 서부 일대는 원래 멕시코 땅이었다. 샌프란시스코에서는 대량의 금이 나오고 네바다, 유타, 애리조나 등에서는 천문학적인 석유가 펑펑 나오고 있다. 빨간 선으로 표시된 땅이 원래 멕시코 영토였는데 전쟁에 진 멕시코가 항복하면서 조약에 따라 미국은 멕시코에 1,500만 달러라는 헐값을 주고 땅을 양도받았다. 한반도의 15배에 달하는 광대한 영토였고 지금의 미국을 강대국으로 키운 원동력이 되었다.

차풀테펙 매표소에서 직원이 '프리'라면서 그냥 들어가란다. 주위를 보니 다른 외인들은 75페소 주고 산 티켓을 들고 있는데 왜 프리라고 할까? 일단은 차풀테펙 성 입구까지 갔다. 입구서 표 받는 직원이 "티켓?" 묻는다. "몰라 프리라고 그냥 들어가라는데" 하니 신분증을 보잔다. 여권에 있는 생년월일을 보더니 통과시 켜주네! 노인은 공짠가 보다. 유럽에서는 버스비나 관광지 입장료에 경로우대 혜택을 받았는데 중, 남미 와서는 차풀테펙 성이 처음이다.

차풀테펙 성은 스페인 총독 베르나르도 데 갈베스가 지었다. 멕시코 독립전쟁으로 소유권이 넘어왔으나 프랑스가 멕시코를 침공했고, 2년 후 합스부르크의 막시밀리안이 멕시코 황제로 등극해 궁으로 사용하다가 제국이 몰락하자 차풀테펙 성은 군사 부지가 되었다. 이후에는 멕시코 대통령 거주처가 되었다가 1939년에는 국립 역사박물관이 되었다.

멕시코 역사를 보면 대한민국과 비슷하다. 스페인 식민지에 이어 미국 침략으로 땅을 빼앗기고 그 후에 또 프랑스 침략이 있었다. 대한민국은 고구려 광개토 대왕이 이룩한 업적을 지키지 못하고 만주 땅을 중국에 빼앗겼고 구한말 일본의 식민 지배를 받았다. 대한민국은 단일 민족으로 일본 식민 지배에 대한 원한이 크다. 그러나 멕시코나 남미는 스페인의 식민 통치로 나라가 빼앗기고 수많은 보물과 금을 약탈당했지만, 원한이 없다. 오히려 그들 문화를 계승하고 식민시대의 스페인 통치 역사를 소중히(?) 보관하고 있다. 이런 이유는 남미도 그렇다. 멕시코 국민 80%가 스페인과 원주민들의 혼혈인 메스티조들이다. 그들의 부모가 스페인 사람이다. 대한민국 박물관에 총독 이토 히로부미(이등박문)의 사진을 전시했다면 아마 난리가 났을 것이다. 여기 차풀테펙 성안에는 스페인 식민시대의 총독들 사진을 전시해 두고 있다. 묘한 기분으로 쳐다봤다. 차풀테펙 성을 지은 총독 베르나르도의 초상화가 크게 걸려있다.

레포르마 대로

발걸음을 예술궁전 쪽으로 옮겼다. 궁전 옆에는 알라메다 공원이 있고 여기서부터 차풀테펙 공원까지 길을 레포르마 대로라 부른다. 레포르마 대로는 막시밀리아노 황제가 파리 샹젤리제 거리를 모델로 해서 만들었다. 대로를 걷다 보면 콜럼버스 동상, 독립 기념탑, 스페인 정복자에게 처참하게 죽은 아스텍 최후의 왕 쿠아우테목Cuauhtemoc 동상도 볼 수 있다. 쭉쭉 뻗은 빌딩은 물론이고 고급 진 상점가나 비싼 레스토랑들이 즐비하게 이어져 있다.

자전거 대여도 활성화 되어 있고 색깔도 예쁘고 깨끗하게 잘 정돈되어 있었다. 외인들은 타지 말라는 뜻인지 영어는 없고 전부 스페인어로 설명이 되어 있다. 야자수 그늘에 망고 파는 노점상이며 옥소OXXO라는 유명 편의점도 있다. 옥소에서 각종 커피를 파는데 한국 맥도날드 가면 주는 엄청나게 큰 콜라 잔 같은 종이컵에 모카커피를 가득 담아서 19페소(1,200원) 받는다. 오후에 피곤할 때 한 잔씩 하면 피로가 확 풀리는 듯해서 1일 1잔씩 했다.

멕시코시티는 옛날에 세계에서 대기질이 나쁘기로 상위에 있는 도

시인데 지속적인 환경대책으로 지금은 많이 개선되었다고 한다. 남미 여러 곳을 다녀보면 도시들이 매연으로 찌들어서 다시는 가고 싶지 않았는데 멕시코시티는 그나마 공기가 깨끗했다. 대로 주변 건물들도 예쁘고 깨끗해서 쓰레기가 보이지 않았다. 길거리에서 춤 연습하는 멕시코 애들 한국 노래도 들렸는데 바로 앞 건물 유리창이 거울처럼 보여 여기로 몰려든다고 한다. 멕시코 독립 기념비 주위에는 여러 팀의 웨딩 촬영이 한창이다. 호스텔로 오는 길에 세탁소에 들러 어제 맡긴 오리털 점퍼랑 바지를 찾았다. 135페소(8,000원)인데 좀 비싼 감이 들었다.

국립 궁전(현재 대통령 궁)

3월 2일(토요일) 소칼로 옆 옛날 스페인 총독부 건물인 국립 궁전으로 갔다. 여기서 신분증을 보관하면 입장이 가능하다. 여권을 주기가 그렇고 해서 운전면허증을 맡겼다. 국립 궁전은 스페인식 아치형 건물이다. 멕시코가 스페인 식민지였는데 엄밀히 말하면 스페인식이 아니라 아랍풍 즉 이슬람 양식이다. 북아프리카 이슬람교도들이 스페인으로 쳐들어가 나라를 만들었으니 아랍의 식민 통치고 그 문화가 스페인을 거쳐 멕시코까지 퍼진 것이다. 국립 궁전이 유명한 이유는 멕시코의 화가 디에고 리베라가 1952년에 멕시코 역사를 벽에 그림으로 표현했다.

리베라가 그린 2층 벽화는 원주민인 아즈텍 부흥사와 스페인의 침략과 멕시코 독립에 이르기까지 장대한 역사를 그린 것이다. 전시된 그림은 한 번에 다 못 담을 어마어마한 벽화였다.

디에고 리베라의 벽화 중에 중요한 부분에 대해

멕시코 국기를 보면 중앙에 멕시코의 상징인 독수리가 선인장을 밟고 뱀을 물고 있다. 이는 멕시코의 구원과 새로운 국가의 출현을 기원하는 의미다. 멕시코의 원주민 아즈텍은 오랫동안 가뭄과 메뚜기 떼로 인한 흉작 등으로 나라가 흉흉할 때 스페인이 쳐들어왔다. 큰 독수리 아래 입을 벌린 독수리는 11대 황제 쿠아우테목(Cuauhtemoc)으로 아스텍 제국의 마지막 황제다.

가운데 머리가 벗겨진 사람이 미겔 이달고 신부다. 노예를 상징하는 체인을 절단하는 모습으로 그려져 있는데 독립운동을 일으켰으나 곧 처형되었다. 한국의 유관순 같은 인물이다. 이달고 신부의 반란은 멕시코 독립운동의 발단이 되었고 이날을 멕시코 독립기념일로 지정하였다. 이달고 신부 아래 칼을 빼든 자는 코르페스와 말린체의 아들인데 말린체는 원주민여자로서 스페인을 도와 아즈텍 멸망에 이바지한 인물로 스페인 군인 코르페스와 사이에 최초로 혼혈을 낳았다.

훈장을 달고 칼을 든 사람은 쁘로삐리오 디아스라고 33년간 독재정치를 했지만 재임 기간에 눈부신 경제 발전을 이루었다. 하얀 종이(헌

법)를 들고 있는 사람은 원주민으로 최초로 대통령이 된 베니토 후아레스다. 프랑스 침략으로 도망쳐서 와신상담 끝에 프랑스가 임명한 막시밀리안 황제를 체포해 사형시키고 재집권 한다. 뚱뚱한 사람 옆에 안토니오 로페스로서 스페인 군인임에도 불구하고 스페인에 대항해 멕시코 독립에 공을 세웠고 나중에 멕시코 대통령으로 선출되었다.

붉은 옷을 입은 여자가 프리다 칼로의 여동생이자 디에고 리베라와 외도했던 크리스티나 칼로이고 공산주의 이론을 들고 있다. 바로 위 녹색 옷에 목걸이를 한 여자가 프리다 칼로다.

멕시코 인류학 박물관

차풀테펙 공원 부근에 있고 차풀테펙 지하철역에서 내려 약 20여 분 걸어가야 한다. 박물관 입구에 들어서자마자 실내에 분수가 뿜어져 나왔다. 기둥 분수는 팔렌케 지방에 있는 생명의 나무를 모티브로 해서 만들었다고 한다. 박물관은 12개 전시실을 운영하고 있으며 멕시코 고대 역사인 테오티우아칸, 톨텍, 마야, 아즈텍이 전시되어 있다. 우리로 치면 고조선, 부여, 고구려, 옥저, 동예, 삼한 등의 역사다. 그러나 안타깝게도 아즈텍은 스페인 침략으로 망했다.

멕시코 원주민인 아즈텍 시대 때 종종 인간의 심장을 칼로 도려내서 제사를 지냈다고 하는데 벌떡벌떡 뛰는 심장을 저기 배 위에 있는 접시에 올렸다고 한다. 보고 있자니 섬뜩하다. 꼭 날 보고 '얼른 심장을 꺼내 여기에 올리시게!' 하는 듯이 노려보고 있다.

죽음을 두려워하지 말라 반드시 환생한다. 사람들은 귀천을 떠나 누구나 죽음을 두려워한다. 한 나라의 왕이라도 예외가 없다. 환생을 위해 오른손에는 공간을 지배할 수 있는 네모난 옥을 쥐고 왼손에는 시간을 지배할 수 있는 동그란 옥을 쥐며 입에는 작은 구슬까지 물고 있으면 다시 살 수 있다는데 무슨 짓이라도 못할까?

태양의 돌(고대 아즈텍 달력)은 아즈텍인들이 만들었는데 한가운데가 태양의 모습이고 그 주위를 아즈텍과 우주의 관계를 그림과 기호로 표시했다. 우주는 크게 4번의 주기가 있고 여기에 태양의 세계가 4번 연속 생성하였다가 소멸하였다고 한다. 지금은 5번째 태양의 시대라는 것인데 5번째 태양의 시대는 2012년 12월 22일에 멸망한다고 예언했다. 고대 마야 문명에서부터 끊임없이 회자되어 온 인류 멸망설이다. 2012년은 한참이나 지났지만 오늘날 지구 환경은 매우 열악하다. 고대인들의 예언대로 전 세계 곳곳에서는 지진, 화산 폭발, 거대한 해일 등 각종 자연재해들이 발생하고 있다.

멕시코 국기의 문양을 보면 뱀을 물고 있는 독수리가 있는데 멕시코 원주민인 아즈텍족이 '바위와 선인장 위에 독수리가 뱀을 잡아 먹고 있는 곳을 찾아서 도시를 세우라'는 계시를 받고 그 장소를 찾다가 어느 고원에 있는 호수 부근을 발견하고 도시를 세우는데, 그 도시가 아즈텍의 수도 테노치틀란이고 지금의 시우다드 데메히코라고 불리는 멕시코시티다. 호수를 메워 수도를 건설해서인지 지금도 멕시코시티는 조금씩 침하하고 있다고 한다.

도대체 뭐가 문제야? ~

〈멕시코 고대 인간 모습〉

멕시코 과달루페성당 성모 발현

3월 4일 (월요일) 필자는 종교가 없다. 그러나 여행 다니면서 성당이나 교회에 신세를 진일이 많다. 종일 걷다 보면 몸이 피곤해서 좀 쉬고 싶을 때는 성당이나 교회에 들어간다. 대부분의 동네 종교 시설들은 개방적이고 모임 행사가 없을 때는 조용하다. 분위기도 엄숙하고 어두워서 꿀잠을 자기에는 딱이다. 종교인은 아니지만, 성경책에 이런 구절이 있다. "수고하고 무거운 짐 진 자들아 다 내게로 오라"

세계 3대 성모 발현지로 포르투갈의 파티마, 프랑스의 루르드, 멕시코의 과달루페를 꼽는다. 몇 년 전 유럽 여행 때 가볼까 했지만, 파티마나 루르드는 일정이 추가되어야 하는 등 가기가 쉽지 않았다. 그러나 과달루페는 멕시코시티 시내에 있고 소칼로에서 버스를 타고 30분이면 갈 수 있어서 반나절만 시간 내면 다녀올 수 있는 거리에 있다.

성모 발현은 예수의 어머니가 눈앞에 나타나서 여러 가지 계시를 한 사건을 말하는데 이러한 초자연적 현상을 믿거나 말거나 하는 것 보다 얼마나 믿음이 강했으면 성모가 눈앞에 나타났을까 그리고 그것을 공식적으로 인정했을 때는 그만큼 충분한 가치는 있는 것이다.

　　1531년 12월 9일 멕시코시티의 작은 산 테페약(Tepeyac)에서 성모 마리아는 그날 최초로 인류 앞에 모습을 드러냈다. 프랑스 루르드와 포르투갈 파티마보다 300~400년 앞섰는데 테페약 언덕에서 멕시코 원주민인 가난한 농부 후안 디에고Juan Diego에게 나타났고 이후 모두 4차례에 걸쳐 메시지를 주었다. 이 당시는 콜럼버스가 아메리카대륙을 발견한 후 스페인이 멕시코를 정복한 지 10년째 되는 해로서 원주민들은 정복자의 폭정에 시달리고 있었다. 발현 장소는 원주민들이 아즈텍 태양의 신전을 세웠던 테페약 언덕이었고, 성모는 인디언의 피부를 하고 장밋빛 옷에 푸른 망토를 두르고 두 손을 모은 채 고개를 약간 숙인 모습으로 나타났다. 성모는 "나는 평생 동정이며, 하느님의 어머니임이 알려지기를 원하고, 어려울 때 정성을 다해 나를 찾는 이들에게 나의 자비를 드러내도록 이 자리에 성당을 짓기를 바란다."라고 했다.

　　성모의 계시로 태양의 신전을 한순간에 무너뜨리고 그 위에 과달루페(Guadalupe) 성당이 세워졌다. 역사상 과달루페 성모 발현만큼 파장이 컸던 발현은 없다. 태양신을 숭배하던 아즈텍인 800여만 명이 발현 7년 만에 거의 가톨릭으로 개종했다. 지배자 스페인의 강력한 압력이 있었을 것이다. 훗날 후안 디에고는 성자의 반열에 올랐다.

세계 3대 성모 발현지 중 하나인 과달루페성당은 바티칸 다음으로 많은 신도가 방문하는 순례지라고 한다. 특히 과달루페 성모 축일(12월 12일)에는 전국에서 수백만 명이 모여든다. 멕시코인들의 과달루페 성모에 대한 마음은 뜨겁다 못해 펄펄 끓는다. 집이건 시내건 어디를 가나 과달루페 성모화가 눈에 띈다. 심지어 조폭들도 등과 팔뚝에 과달루페 성모 문신하고 다닌다. "멕시코 가톨릭 신자는 89%인데 과달루페노는 100%"라는 말이 과장이 아니다. 멕시코인들은 오늘도 줄지어 테페약 언덕을 오른다. 정복자들이 파괴한 아즈텍 신전에서 실어다 깔았을 법한 돌계단이 반들반들 윤이 났다.

성당 외부는 지반 침하로 약간 기울어져 있다. 내부는 소박한 치장을 하고 있지만 바르셀로나에 있는 사그라다 파밀리아 성당처럼 우윳빛 기둥이 시원하게 쭉쭉 뻗어있다. 성모 발현 장소라 뭔가 있지 않을까 하고 두리번거리다가 나왔다. 바로 옆에 성당과 이어진 건물이 보였다. 얼핏 보니 수백 년 동안 사용하지 않아서 매우 낡고 칙칙해 보였고 아주 오래된 창고 같았다. 안에 뭔가가 숨겨진 듯한, 이 문을 열면 성모 마리아나 후안 디에고쯤은 나올 법한 신비에 휩싸인 문이다. 궁금했지만 열어 보고 싶지 않았다. 세상이 회까닥하고 바뀌는 것은 싫으니까

<과달루페 성당>

멕시코시티가 호수 위에 세워진 도시
라 지금도 침하 현상이 계속되고 있다.
과달루페성당이 침하 현상 영향으로
앞쪽으로 심하게 기울어져 붕괴될 위험
때문에 1975년 그 옆에 새로운 교회를
짓고 성모를 모셨다고 한다. 새로 지은
과달루페성당 내부는 한꺼번에 1만
명을 수용할 수 있고 엄청난 규모임
에도 기둥이 하나도 없다. 꼭 몽골에 가면 볼 수 있는 텐트 같
았다. 성모 형상은 저기 가운데 걸려있고 원주민과 같은 피부색
을 가졌다.

과달루페성당을 나와 현지인들이 타는 낡은 버스를 4페소(240원)
주고 탔다. 차장이 있는데 요금은 버스 기사가 받는다. 운행 내내 차
장은 버스 문에 매달렸고 운전기사의 난폭한 운전에 차장이 이리
저리 휘둘려서 위험해 보였다. 20대 초반으로 젊어 보이는데 차장
월급이 괜찮은지 청바지 뒷주머니에 스마트 폰이 꽂혀있었고 반들
거리는 가죽 구두를 신고 있었다.

06 멕시코 여행 후기와 귀국

3월 5일 (화요일) 내일은 떠나야 한다. 배낭을 완전히 뒤집어서
버릴 건 버리고 말끔하게 정리하고 반바지랑 티셔츠도 빨아서 널
고 이것저것 하니 점심시간이다. 어제는 뷔페식당에 가서 새우만
두 접시나 먹었는데 오늘은 생선요리를 먹고 싶어서 구글 지도에

식당을 검색했다. 메뉴 사진이나 후기들을 보니 La Sirenita Mariscos 해산물 식당이 눈에 딱 들어왔다. 호스텔 뒷골목이라 찾기도 쉬웠다. 메뉴판을 보고 Mojarra라는 생선구이를 주문했는데 사실 메뉴만 보고는 뭐가 뭔지 모른다. 이때는 구글 지도를 열고 조금 확대하면 식당 표시가 있다. 손가락으로 꾹 누르면 해당 식당 사진과 메뉴 사진 후기(리뷰) 등이 나온다. 그중에서 먹고 싶은 것을 골라 캡처한 다음 식당에 와서 캡처한 사진을 종업원에게 보여주면 주문 끝이다. 생선구이 122페소(7,000원) 솔 맥주 28페소(1,600원) 팁 20페소(1,200원) 해서 합계 170페소 주었다. 점심 잘 먹고 소화도 시킬 겸 길 건너 소칼로에 갔다. 매일 하나씩 사 먹는 아이스크림을 물고 오늘은 바람이 좀 불지 않을까 하고 광장을 두리번거렸다. 소칼로에는 멕시코 대형 국기가 게양되어 있는데 국기가 펄럭일 때 사진 한번 찍으려고 수십 번 갔지만 바람이 불지 않아서 실패했다. 과연 오늘은….

소칼로 광장에는 대성당과 대통령 궁이 있고 광장 가운데는 초대형 국기가 펄럭거린다. 주변에는 100페소짜리 아이스크림이 맛있고 그 옆에는 ADO 버스 예매를 할 수 있는 매표소와 환전소들이 있으며 눈과 귀를 즐겁게 하는 버스킹이 매일 열리고 있다. 어느 외인 배낭 여행 커플이 개 한 마리씩 데리고 여행하고 있다.

멕시코 여행 후기

79박 80일 일정으로 중, 남미 배낭여행을 떠났다. 브라질 상파울루로 들어가서 시계 방향으로 쭉 북상하다가 리마에서 쿠바 아바나로 들어갔다. 그리고 지난 2월 8일 칸쿤으로 들어와서 유카탄반도를 지나 멕시코시티까지 멕시코에서 거의 한 달 여행을 했다.

칸쿤 바다는 역시 소문대로 매력적이었다. 옥빛 바다에 적당한 태양열 그리고 야자수 나뭇잎으로 만든 그늘 속에 누워서 시원한 맥주 한잔 마셔 보자. 파도 소리를 들어도 좋고 가벼운 팝송에 눈 감으면 스르르 잠이 오지 않을까? 플라야는 젊음의 상징이고 배낭여행자들의 성지다. 어메이징 한 워터파크가 있고 라스베이거스를 훔친 코코봉고도 있다. 물가 싸고 놀기 좋다. 그런데 바다는 칸쿤이 더 좋아 보였다. 툴룸은 바다를 끼고 있는 마야 유적지다. 필자가 본 마야 유적지 중 단연 압권이다. 특히 바람의 신전의 뷰가 탁월했다. 치첸이트사를 보고 두 번 놀랐다. 하나는 당연히 피라미드 규모와 잉카인 못지않은 석축 기술력 그리고 다른 하나는 입장료다. 어마어마하게 올랐다. 481페소로 거의 3만 원이다. 다시는 가고 싶지 않다. 욱스말 여기도 입장료가 어마어마하게 올랐다. 유카탄반도 지방정부는 외인들 껍질까지 홀

라당 벗겨 먹을 작정을 했나보다 결국 마야 유적지는 욱스말까지만 봤다. 이후 팔렌케에서는 잠만 자고 바로 산크리스토발로 갔다. 산크리스토발은 배낭여행자들 사이에 잘 알려진 곳이다. 여기서 먹고 놀면서 스페인어나 살사댄스, 수공예, 쿠킹 등을 배운다. 체류 비용도 저렴해서 한번 빠지면 나오기 어렵다는 전설이 있다, 마을 전체가 원색 색감으로 눈을 황홀하게 만든다. 와하카는 사실 기대가 많았는데 산크리스토발 때문인지 그렇게 끌린 느낌은 없었다. 맛있는 음식도 널렸다는데 입맛에는 별로였다. 그러나 여기 산토도밍고 성당 내부는 그야말로 호화로웠다. 중, 남미 중 지존이었다.

멕시코시티에서 놀다가 과나후아토에 가려고 했는데 멕시코는 멕시코시티에서 올인해 보자는 생각에 못 갔다. 사실은 이미 체력이 바닥나서 동력을 상실해 버렸다. 마음은 앞서는데 어쩔 수 없다. 여행이란 내 마음대로 되는 게 없다. 그러고 보니 멕시코시티에만 9일이나 머물렀다.

멕시코의 뿌리는 마야, 톨텍, 아즈텍으로 이어가던 중 1520년 스페인의 침략으로 식민 지배를 받기 시작해 가톨릭을 강요받고 노동력과 재산을 착취당했으며, 유럽에서 들어온 천연두 같은 질병으로 많은 원주민들이 죽어갔다. 식민지로 이주해 온 스페인 귀족들은 원주민의 노동력을 이용해 은광 및 사탕수수 농장 등으로 부를 쌓았다. 이러한 식민 경제가 300년간 이어지면서, 멕시코에는 스페인 정착민과 원주민의 혼혈인 메스티소가 널리 퍼졌다. 1820년에야 독립이 되었지만 멕시코 원주민은 약 30%

로 소수민족으로 전락하였고 대다수가 혼혈인 mestizo로 구성되어 있다. 일본 식민 지배받았던 한국이 한글을 안 쓰고 일본어를 쓴다는 것은 상상할 수 없는 일인데 중, 남미 대부분 국가가 왜 스페인어를 쓸까? 의문이 들었다. 그 답은 바로 메스티소에 있다. 스페인과 원주민의 혼혈이 60%를 넘기고 있다. 즉 스페인이 부모의 나라가 된 셈이다. 부모의 나라말과 글을 쓰는 것은 당연할지도 모른다. 그리고 우리와 일본과는 달리 원수 개념이 아닌 동경과 동반자 개념이다.

남미의 여러 국가가 경제적으로 어려움을 겪고 있다. 특히 아르헨티나는 포플리즘으로 경제 위기를 맞고 있다. 부에노스아이레스의 번화가 거리에서 환전상을 쉽게 볼 수 있다. 그들의 외침 소리 깜비오 깜비오~ 달러를 사겠다는 소리다. 여러 번 달러를 바꿨는데 국내에서 사간 달러를 제값 이상 받았다. 그만큼 아르헨티나는 달러가 절실했다. 칠레, 페루 다 비슷했다. 그런데 멕시코만 달러 시세가 없었다. 경제가 안정되어가고 있다는 뜻일까? 분위기 역시 남미랑은 달리 활기차고 떠들썩하게 돌아간다. 건물도 쭉쭉빵빵이고 도로 정비도 잘 되어 있다. 멕시코 메가시티 인구가 2,000만 명인데 이들이 하루에 먹어 치우는 식사량도 대단할 것이고 2,000만 명이 내 쏟는 대소변도 엄청날 것이다.

대부분 서민은 타코나 샌드위치인 또르타(torta)라는 길거리 음식을 즐겨 먹는다. 타코는 옥수숫가루로 만든 얇은 전병위에 각종 고기와 채소를 넣어 반으로 접어서 살사소스랑 먹는다.

치안은 스마트 폰을 뺏길까 봐 조심스러웠는데 보니 개나 소나 다들 폰을 들고 다니며 보고 있다. 그래도 필요할 때 주위를 먼저 살피고 벽 쪽에 붙어서 폰을 보곤 했는데 얼마 전부터는 대놓고 보면서 다녔다. 지하철도 그렇게 위험해 보이지 않았고 경찰들이 티켓 부스 부근이나 플랫폼 부근 등 군데군데 보였다. 길거리마다 골목마다 경찰들이 배치되어 있어서 오히려 경찰들이 많아서 불안할 정도였다. 특히 관광지에는 더 많았다. 치안은 걱정할 정도는 아니지만 그래도 조심해서 나쁠 건 없다. 밤늦게 다녀본 적은 없다.

귀국

3월 6일 (수요일) 이것저것 정리한 후 12시쯤 호스텔을 체크아웃하고 나왔다. 멕시코의 오전은 선선했으나 이내 햇살은 따가운 화살을 내리퍼붓고 있다. 그늘을 골라 다니며 pino역으로 향했다. pino역에서 지하철을 타고 종점인 판티틀랜역에서 내려 구글맵 켜고 약 20분 걸어가면 멕시코 국제공항 제2터미널이 나온다. 1터미널에서는 공항 트레인을 타야 2터미널에 갈 수 있다.

Pantitlan역에서 내려 대로변으로 걸어가면 육교에 공항 표시판이 있다. 여기서 어떤 비지니스 복장에 배낭을 멘 남자랑 앞서거니 뒤서거니 하며 걸어가는데 속으로 이 친구도 공항으로 가나 하고 생각 들었다. 그렇게 한창 가고 있는데 그 남자가 오른쪽으로 방향을 틀어서 삼성 간판이 보이는 골목길로 들어가는 것이 아닌가 흠 칫 망설여졌다. 공항이 저긴가? 밑져야 본전이니 가보자 하고 골목으로 들어서니 건물이 아니고 그냥 좁은 길이 나오면서 정면에 인터내셔널이란 글이 눈에 딱 들어 왔다. 건물 안으로 들어서니 출발은 2층으로 표시 간판이 보였고 에스컬레이터 타고 2층으로 올라가니 아에로멕시코 카운터가 여러 군데 있었다. 승객들이 줄 서 있고 그냥 줄 서려다가 혹시나 하고 주변에 있는 제복에게 티켓을 보 여주며 물어보니 여기는 미국과 캐나다행이고 옆으로 가보란다 그래서 현황판을 보니 USA라 적혀있다. 돌아서 옆 라인으로 갔 다. 사람들이 없어 바로 카운터로 가서 보딩티켓을 받았다.

　　　　　　일단 점심을 먹기 위해 Wings 레스 토랑에 들어갔다. 매우 격식 있고 매너 가 철철 넘치는 40대 여직원이 와서 주문받는다. 내 입에 딱인 뽀요(닭)와 맛있게 보이는 주스를 주문하는데 "아 보카도를 얹어드릴까요?" 하고 묻는 다. 아보카도? 1초도 망설임 없이 OK 사인을 보냈다. 잠시 후 식전 빵과 주스가 나오고 이어 메인 메 뉴가 나왔다. 닭고기는 너무 부드러워서 씹기도 전에 사르르 녹 아 넘어갔고 아보카도 또한 뭉근하게 맛있었다. 역시 비싼 요리 가 맛있다고 하며 입가심으로 카푸치노 바닐라 커피까지 시켜 먹었다. 계산서에는 308페소가 찍혀있었다. 으윽~

Aero Mexico (AM90) 비행기는 멕시코 공항을 떠나 잠시 후 몬테레이 공항에 착륙해 약 2시간 남짓 머문 후 다시 이륙했다. (주유 및 승객 탑승) 태평양을 가로질러 오는 것이 아니고 북미로 해서 대륙을 바짝 붙어서 비행한다. 1번의 샌드위치와 2번의 기내식을 먹고 3편의 영화를 보고 나서야 14시간 만인 아침 5시 30분 인천 공항에 무사 도착했다.

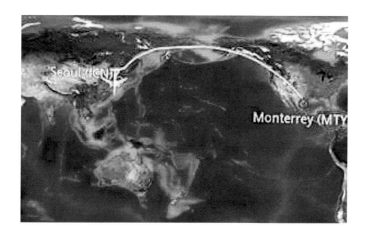

제8장 여행 후기

가보니 후회되었던 곳

●마추픽추는 입장료가 비싸고 가는 길이 생고생이고 그러면서 불편하면 비싼 기차 타고 가라는 페루 정부. 막상 가 보니 볼 것 없고 황량한 돌무더기들 뿐이다. 다들 와이나픽추 배경으로 사진 찍기 바쁘다. 꼴랑 요거 인증샷 한 장 찍으려고 개고생했나 하고 후회가 물밀듯이 밀려왔다. 여행 스타일이 밑바닥 배낭여행이라 힘들게 갔던 마추픽추! 진작 마추픽추는 기억도 없고 우루밤바 강을 끼고 있는 산타테레사 비포장 외길 낭떠러지 길을 냅다 달리는 콜렉티보 창문을 통해 내다보니, 내 몸이 천 길 낭떠러지 아래로 붕 떠 있는 듯한 모습에 오금이 저리기도 했다. 핸들 한 번 잘 못 돌리면 그냥 그대로 추락이고 비포장이라 청룡 열차가 따로 없었다.

●티티카카 호수는 이름만 그럴듯하지 그냥 호수다. 원주민들은 인공섬에서 거주하는 것이 아니고 관광객이 오면 보여주고 토산품 팔고 그러다가 시간이 되면 육지로 퇴근하는 현지 장사꾼들이다. 그냥 토토로라는 갈대로 만든 인공섬에 올라가 봤다는 정도.

가장 힘들었던 순간

●엘찰텐에서 바릴로체로 가는 버스를 탔는데 도착 예정 시간보다 4시간이나 지연돼서 27시간 동안 버스를 탔다. 자정을 훌쩍 넘긴 시간이라 시내로 가는 버스나 택시도 없었다. 불 꺼진 동네를 핸드폰 불빛에 의존해서 예약한 호스텔에 도착했지만,

주인은 없고 문은 잠겼고 다행히 호스텔에 숙박한 손님들과 문틈으로 대화해서 인근에 24시간 열려있는 호스텔을 소개받아 갔던 일. 어휴~ 길바닥에 그냥 노숙할 뻔했던 아찔한 순간이었다.

●쿠스코 공항에 리마행 비행기를 타러 갔는데 운항이 켄슬이다. 공항 부근 호스텔에서 자고 다음 날 라탐 항공으로 리마에서 환승 후 보고타 공항에 도착했고 보고타에서 하룻밤 노숙 후 쿠바 아바나 공항으로 갔다. 어질어질한 순간이었다.

●피츠로이 등반 때 설마 끝까지 올라가리라고는 엘찰텐에 도착해서도 생각을 못 했다. 그냥 피츠로이가 보이는 전망대까지만 가보자 하고 걸었는데 텐트 야영장까지 가니 슬슬 욕심이 생겼다. GO!를 외치고 올라갔는데 거의 수직 돌길이다. 올라가면서 포기하고 돌아가자 이쯤 왔으면 됐다. 하고 뒤돌아보니 까마득한 내리막길, 여기까지 온 것이 너무 아까워서 기어이 올라갔다. 토레 호수에서 만세를 부르고 내려왔다. 총 12시간 트레킹을 하면서 내려오는 동안 무릎에 물파스 떡칠했다.

●마추픽추에서 쿠스코로 돌아오는 콜렉티보(미니밴)를 타고 오는데 폭우로 도로가 유실되자 차에서 내려 우루밤바강물이 폭포처럼 쏟아져 내려가고 있는 매우 위험한 외나무다리를 건너 다른 차량으로 갈아탔다. 이름 모를 산길은 안개가 자욱해 한 치의 앞도 안 보이는 비포장 길이고 아래는 우루밤바강물이 사납게 휘몰아치고 있다. 위험한 천 길 낭떠러지 길을 콜렉티보가 달리

는데 심장이 졸깃했다. 한차에 탄 외인들 모두 숨죽여 있다가
저 멀리서 쿠스코의 불빛이 보이자 안도의 한숨을 내쉬며 도란
도란 이야기하는 소리가 들렸다.

　이동 수단
《 남미에서 장거리 버스 》
횟수 : 9번 (야간 4회) 113시간(약5일) 요금합계 409,147원
●상파울루 ~ 이과수 : 18시간 (야간) 86,368원
●엘 찰텐 ~ 바릴로체 : 27시간 (야간) 113,550원
●바릴로체 ~ 오소르노 : 8시간 39,000원
●오소르노 ~ 산티아고 : 11시간(야간) 39,000원
●아타까마 ~ 우유니 : 12시간 17,000원
●우유니 ~ 수크레 : 8시간 (포토시 환승) 9,720원
●수크레 ~ 라파즈 : 14시간 (야간) 11,000원
●라파즈 ~ 푸노 : 7시간 24,300원
●푸노 ~ 쿠스코 : 8시간 16,950원

《멕시코에서 장거리 버스 6회(전부 주간 버스) 135,720원》
●플라야 ~ 바야돌리드 (14,880원)
●바야돌리드 ~ 메리다 (11,520원)
●메리다 ~ 팔랑케 : 7시간 (25,500원)
●팔랑케 ~ 산크리 : 9시간 (21,360원)
●산크리 ~ 와하카 : 12시간 (28,680원)
●와하카 ~ 멕시코시티 : 7시간 (33,780원)

《 항공 : 횟수 7회, 항공료 2,388,684원 》

●인천 ~상파울루 / 멕시코시티 ~ 인천 : 1,326,100원

●이과수 ~ 부에노스아이레스 : 69,333원

●부에노스아이레스 ~ 엘 칼라파테 : 126,840원

●산티아고 ~ 깔리마 : 56,092원

●쿠스코 ~ 리마 : 149,160원

●리마 ~ 보고타 ~ 아바나 : 371,942원

●아바나 ~ 칸쿤 : 140,057원

여행과 날씨

아무래도 비가 오는 날은 여행하기에 제약이 많다. 80일간 여행 중 비가 온 날은 딱 이틀이었다. 그것도 밤에 비가 왔다. 여행 전 나라마다 월별로 우기 일수를 파악해 보고 우기가 적은 달을 선택했는데 효과를 보았다. 12월부터 3월 사이가 건기다.

경비 (79박 80일) <예산과 실제 지출>

왕복 항공료 : 1,326.000원

교통비 : 해당 구간 교통비 산출 : 127만 원

일(숙박비+ 관광 비용)25,000원 × 80일 = 200만 원

일 식대 만원(한 끼 5천 원 / 조식은 호스텔 제공)=80만 원

기타 비용(투어 및 입장료) : 30만 원

총예산은 569만 원으로 책정했는데

실 지출은 531만 원이었다.

유럽이 문명관광이라면 남미는 자연관광이다. 대륙이 넓고 이동 거리가 멀어서 유럽 배낭여행하고는 질적으로 달랐다. 많은 체력을 요구하였다. 교통비를 아낀다고 늘 걸어 다녔는데 여행 마지막인 멕시코시티에서는 쉬어도 피로가 안 풀렸고 허벅지 근육이 경직되어 체력의 한계를 느꼈다.

세월의 무상함을 느꼈다. 80일간의 여행이 비행기처럼 빠르게 지나갔다. 짧다면 짧고 길다면 긴 여행인데 무엇을 어떻게 했는지도 모르게 가버렸다. 이번 여행에서 느낀 것은 무엇일까? 그건 아마도 내가 없어도 세상은 별 일없이 잘 돌아간다는 걸 느꼈다. 마추픽추까지 가는 그 험난한 길을 지금도 누군가는 가고 있을 것이고 우유니 소금 사막에서도 지금 누군지는 모르지만 저마다 인생샷을 남기고 있을 것이다. 80일간 내 발자국들은 누군가의 발자국으로 뒤덮여 사라졌을 것이고 또 다른 신선한 여행기들이 탄생했을 것이다.

여러 번 배낭여행을 다녀봤지만, 귀국 비행기를 타고 인천공항에 도착했을 때 안도감보다 허망하고 쓸쓸한 느낌을 지울 수가 없었다. 다시 서식지로 돌아가서 다람쥐 쳇바퀴 돌듯이 빤한 일상을 또 그려야 하는 생각이 들지만, 한동안 여행 기간 찍은 사진들을 보면서 회상에 잠기겠고 다시 몸을 만들고 세계지도를 노려볼 것 같다. 항상 배낭여행을 하면서 느끼지만, 필자보다 앞서 여행한 분들이 남긴 여행기의 내용 및 정보들이 매우 유익했고 필자 또한 글이나 사진을 남김으로 다음 여행자들에게 소소한 길잡이가 되기를 바란다.

끝까지 읽어 주서서 감사합니다. 종이책 출판은 처음이라 원고는 물론이고 책 표지 디자인도 직접해서 그런지 많이 서툴고 어색한 부분이 있어 보입니다. 널리 양해바랍니다. 고맙습니다~^^

책 출판 Tool
원고 : 한컴 오피스 2022
사진 : 갤럭시A52 폰 카메라
디자인 : 파워포인트

68세 혼자 떠난 남미 배낭 여행
(남미, 쿠바, 멕시코)

발 행 | 2023년 02월 16일
저 자 | 황종원
펴낸이 | 한건희
펴낸곳 | 주식회사 부크크
출판사등록 | 2014.07.15.(제2014-16호)
주 소 | 서울특별시 금천구 가산디지털1로 119 SK트윈타워 A동 305호
전 화 | 1670-8316
이메일 | info@bookk.co.kr

ISBN | 979-11-410-1652-4

www.bookk.co.kr